Yilin Classics

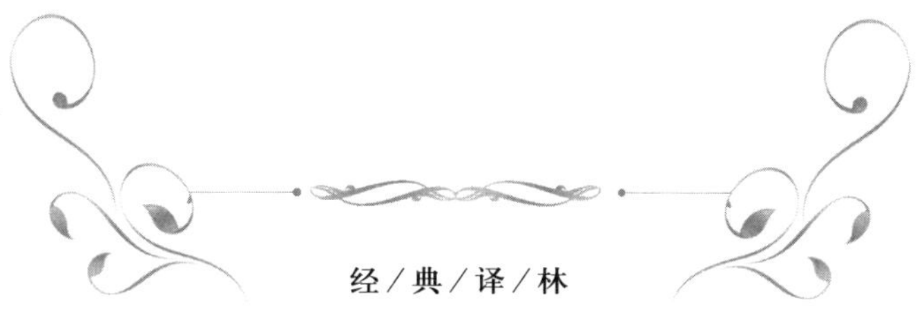

经／典／译／林

背　影

朱自清散文精选

朱自清　著

译林出版社

图书在版编目（CIP）数据

背影：朱自清散文精选/朱自清著．—南京：译林出版社，2019.7（2024.1重印）
（经典译林）
ISBN 978-7-5447-7748-3

Ⅰ.①背…　Ⅱ.①朱…　Ⅲ.①散文集－中国－现代
Ⅳ.①I266

中国版本图书馆 CIP 数据核字（2019）第 078865 号

背影：朱自清散文精选　朱自清 / 著

责任编辑　杨雅婷　金　薇　张紫毫
封面设计　韦　枫
责任印制　董　虎
校　　对　王　敏

出版发行　译林出版社
地　　址　南京市湖南路 1 号 A 楼
邮　　箱　yilin@yilin.com
网　　址　www.yilin.com
市场热线　025-86633278
排　　版　南京展望文化发展有限公司
印　　刷　江苏凤凰盐城印刷有限公司
开　　本　880 毫米 × 1240 毫米　1/32
印　　张　5.375
插　　页　4
版　　次　2019 年 7 月第 1 版
印　　次　2024 年 1 月第 10 次印刷
书　　号　ISBN 978-7-5447-7748-3
定　　价　28.00 元

CONTENTS · 目　录

匆匆

燕子去了，有再来的时候；杨柳枯了，有再青的时候；桃花谢了，有再开的时候。但是，聪明的，你告诉我，我们的日子为什么一去不复返呢？——是有人偷了他们罢：那是谁？又藏在何处呢？是他们自己逃走了罢：现在又到了哪里呢？

我不知道他们给了我多少日子；但我的手确乎是渐渐空虚了。在默默里算着，八千多日子已经从我手中溜去；像针尖上一滴水滴在大海里，我的日子滴在时间的流里，没有声音，也没有影子。我不禁头涔涔而泪潸潸了。

去的尽管去了，来的尽管来着；去来的中间，又怎样地匆匆呢？早上我起来的时候，小屋里射进两三方斜斜的太阳。太阳他有脚啊，轻轻悄悄地挪移了；我也茫茫然跟着旋转。于是——洗手的时候，日子从水盆里过去；吃饭的时候，日子从饭碗里过去；默默时，便从凝然的双眼前过去。我觉察他去的匆匆了，伸出手遮挽时，他又从遮挽着的手边过去，天黑时，我躺在床上，他便伶伶俐俐地从我身上跨过，从我脚边飞去了。等我睁开眼和太阳再

为保持作品原貌，本书保留作者时代的语言和文字风格，不做改动，特此说明。——编者

见，这算又溜走了一日。我掩着面叹息。但是新来的日子的影儿又开始在叹息里闪过了。

在逃去如飞的日子里，在千门万户的世界里的我能做些什么呢？只有徘徊罢了，只有匆匆罢了；在八千多日的匆匆里，除徘徊外，又剩些什么呢？过去的日子如轻烟，被微风吹散了，如薄雾，被初阳蒸融了；我留着些什么痕迹呢？我何曾留着像游丝样的痕迹呢？我赤裸裸来到这世界，转眼间也将赤裸裸的回去罢？但不能平的，为什么偏要白白走这一遭啊？

你聪明的，告诉我，我们的日子为什么一去不复返呢？

1922 年 3 月 28 日

刹那

我所谓“刹那”，指“极短的现在”而言。

在这个题目下面，我想略略说明我对于人生的态度。现在人说到人生，总要谈它的意义与价值；我觉得这种“谈”是没有意义与价值的。且看古今多少哲人，他们对于人生，都曾试作解人，议论纷纷，莫衷一是；他们“各思以其道易天下”，但是谁肯真个信从呢？——他们只有自慰自驱罢了！我觉得人生的意义与价值横竖是寻不着的；——至少现在的我们是如此——而求生的意志却是人人都有的。既然求生，当然要求好好的生。如何求好好的生，是我们各人“眼前的”最大的问题；而全人生的意义与价值却反是大而无当的东西，尽可搁在一旁，存而不论。因为要求好好的生，断不能用总解决的办法；若用总解决的办法，便是“好好的”三个字的意义，也尽够你一生的研究了，而“好好的生”终于不能努力去求的！这不是走入牛角湾里去了么？要求好好的生，须零碎解决，须随时随地去体会我生“相当的”意义与价值；我们所要体会的是刹那间的人生，不是上下古今东西南北的全人生！

着眼于全人生的人，往往忘记了他自己现在的生活。他们或以为人生的意义与价值在于过去；时时回顾着从前的黄金时代，涎垂三尺！而不知他们所回顾的黄金时代，实是传说的黄金时代！——就是真有黄金时代；区区的回顾又岂能将它招回来呢？他们又因为念旧的情怀，往往将自己的过去任情扩大，加以点染，作为回顾的资料，惆怅的因由。这种人将在惆怅，惋惜之中度了一生，永没有满足的现在——一刹那也没有！惆怅惋惜常与彷徨相伴；他们将彷徨一生而无一刹那的成功的安息！这是何等的空虚呀。着眼于全人生的，或以为人生的意义与价值在于将来；时时等待着将来的奇迹。而将来的奇迹真成了奇迹，永不降临于笼着手，踮着脚，伸着颈，只知道“等待”的人！他们事事都等待“明天”去做，“今天”却专作为等待之用；自然的，到了明天，又须等待明天的明天了。这种人到了死的一日，将还留着许许多多明天“要”做的事——只好来生再做了吧！他们以将来自驱，在徒然的盼望里送了一生，成功的安慰不用说是没有的，于是也没有满足的一刹那！“虚空的虚空”便是他们的运命了！这两种人的毛病，都在远离了现在——尤其是眼前的一刹那。

着眼于现在的人未尝没有。自古所谓“及时行乐”，正是此种。但重在行乐，容易流于纵欲；结果偏向一端，仍不能得着健全的，谐和的发展——仍不能得着好好的生！况且所谓“及时行乐”，往往“醉翁之意不在酒”；不过借此掩盖悲哀，并非真正在行乐。杨恽说，“及时行乐耳；须富贵何时！”明明是不得志时的牢骚语。“遇饮酒时须饮酒，得高歌处且高歌”，明明是哀时事不可为而厌世的话。这都是消极的！消极的行乐，虽属及时，而意别有所寄；所以便不能认真做去，所以便不能体会行乐的一刹那的意义与价值——虽然行乐，不满足还是依然，甚至变本加厉呢！欧洲的颓废派，自荒于酒色，以求得刹那间官能的享乐为满足；在这些时候，他们见着美丽的幻象，认识了自己。他们的官能虽较从前人敏锐多多，但心情与纵欲的及时行乐的人正是大同小异。他们觉到现世的苦痛，已至忍无可忍的时候，才用颓废的方法，以求暂时的遗忘；正如糖面金鸡纳霜丸一般，面子上一点甜，里面却到心都是苦呀！友人某君说，颓废便是慢性的自杀，实能道出这一派的精微处。总之，无论行乐派，颓废派，深浅虽有不同，却都是“伤心人别有怀抱”；他们有意的或无意的企图“生之毁灭”。这是求生意志的消极的表现；这种表现当然不能算是好好的生了。他们面前的满足安慰他们的力量，决不抵他们背后的不满足压迫他们的力量；他们终于不能解脱自己，仅足使自己沉沦得更深而已！他们所认识的自己，只是被苦痛压得变形了的，虚空的自己；决不是充实的生命，决不是的！所以他们虽着眼于现在，而实未体会现在一刹那的生活的真味；他们不曾体会着一刹那的意义与价值，仍只是白辜负他们的刹那的现在！

我们目下第一不可离开现在，第二还应执着现在。我们应该深入现在的里面，用两只手揿牢它，愈牢愈好！已往的人生如何的美好，或如何的乏味而可憎；已往的我生如何的可珍惜，或如何的可厌弃，“现在”都可不必去管它，因为过去的已“过去”了。——孔子岂不说“往者不可谏”么？将来的人生与我生，也应作如是观；无论是有望，是无望，是绝望，都还是未来的事，何必空空的操心呢？要晓得“现在”是最容易明白的；“现在”虽不是最好，却是最可努力的地方，就是我们最能管的地方。因为是最能管的，所以是最可爱的。古尔孟曾以葡萄喻人生：说早晨还酸，傍晚又太熟了，最可口的是正午时摘下的。这正午的一刹那，是最可爱的一刹那，便是现在。事情已过，追想是无用的；事情未来，预想也是无用的；只有在事情正来的时候，我们可以把捉它，发展它，改正它，补充它：使它健全，谐和，成为完满的一段落，一历程。历程的满足，给我们相当的欢喜。譬如我来此演讲，在讲的一刹那，我只专心致志地讲；决不想及演讲以前吃饭，看书等事，也不想及演讲以后发表讲稿，毁誉等事。——我说我所爱说的，说一句是一句，都是我心里的话。我说完一句时，心里便轻松了一些，这就是相当的快乐了。这种历程的满足，便是我所谓"我生相当的意义与价值"，便是"我们所能体会的刹那间的人生"。无论您对于全人生有如何的见解，这刹那间的意义与价值总是不可埋没的。您若说人生如电光泡影，则刹那便是光的一闪，影的一现。这光影虽是暂时的存在，但是有不是无，是实在不是空虚；这一闪一现便是实现，也便是发展——也便是历程的满足。您若说人生是不朽的，刹那的生当然也是不朽的。您若说人生向着死之路，那么，未死前的一刹那总是生，总值得好好的体会一番的；何况未死前还有无量数的刹那呢？您若说人生是无限的，好，刹那也可说是无限的。无论怎样说，刹那总是有的，总是真的；刹那间好好的生总可以体会的。好了，不要思前想后的了，耽误了"现在"，又是后来惋惜的资料，向谁去追索呀？你们"正在"做什么，就尽力做什么吧；最好的是-ing，可宝贵的-ing 呀！你们要努力满足"此时此地此我"！——这叫做"三此"，又叫做刹那。

言尽于此，相信我的，不要再想，赶快去做你今晚的事吧；不相信的，也不要再想，赶快去做你今晚的事吧！

1924 年 6 月 1 日，《春晖》第 30 期。

桨声灯影里的秦淮河

一九二三年八月的一晚，我和平伯同游秦淮河；平伯是初泛，我是重来了。我们雇了一只"七板子"，在夕阳已去，皎月方来的时候，便下了船。于是桨声汩——汩，我们开始领略那晃荡着蔷薇色的历史的秦淮河的滋味了。

秦淮河里的船，比北京万甡园，颐和园的船好，比西湖的船好，比扬州瘦西湖的船也好。这几处的船不是觉着笨，就是觉着简陋、局促；都不能引起乘客们的情韵，如秦淮河的船一样。秦淮河的船约略可分为两种：一是大船；一是小船，就是所谓"七板子"。大船舱口阔大，可容二三十人。里面陈设着字画和光洁的红木家具，桌上一律嵌着冰凉的大理石面。窗格雕镂颇细，使人起柔腻之感。窗格里映着红色蓝色的玻璃；玻璃上有精致的花纹，也颇悦人目。"七板子"规模虽不及大船，但那淡蓝色的栏杆，空敞的舱，也足系人情思。而最出色处却在它的舱前。舱前是甲板上的一部。上面有弧形的顶，两边用疏疏的栏杆支着。里面通常放着两张藤的躺椅。躺下，可以谈天，可以望远，可以顾盼两岸的河房。大船上也有这个，便在小船上更觉清隽罢了。舱前的顶下，一律悬着灯彩；灯的多少，明暗，彩苏的精粗，艳晦，是不一的。但好歹总还你一个灯彩。这灯彩实在是最能勾人的东西。夜幕垂垂地下来时，大小船上都点起灯火。从两重玻璃里映出那辐射着的黄黄的散光，反晕出一片朦胧的烟霭；透过这烟霭，在黯黯的水波里，又逗起缕缕的明漪。在这薄霭和微漪里，听着那悠然的间歇的桨声，谁能不被引入他的美梦去呢？只愁梦太多了，这些大小船儿如何载得起呀？我们这时模模糊糊的谈着明末的秦淮河的艳迹，如《桃花扇》及《板桥杂记》里所载的。我们真神往了。我们仿佛亲见那时华灯映水，画舫凌波的光景了。于是我们的船便成了历史的重载了。我们终于恍然秦淮河的船所以雅丽过于他处，而又有奇异的吸引力的，实在是许多历史的影像使然了。

秦淮河的水是碧阴阴的；看起来厚而不腻，或者是六朝金粉所凝么？我们初上船的时候，天色还未断黑，那漾漾的柔波是这样的恬静，委婉，使我们一面有水阔天空之想，一面又憧憬着纸醉金迷之境了。等到灯火明时，阴阴的变为沉沉了：黯淡的水光，像梦一般；那偶然闪烁着的光芒，就是梦的眼睛了。我们坐在舱前，因了那隆起的顶棚，仿佛总是昂着首向前走着似的；于是飘飘然如御风而行的我们，看着那些自在的湾泊着的船，船里走马灯般的人物，便像是下界一般，迢迢的远了，又像在雾里看花，尽朦朦胧胧的。这时我们已过了利涉桥，望见东关头了。沿路听见断续的歌声：有从沿河的妓楼飘来的，有从河上船里渡来的。我们明知那些歌声，只是些因袭的言词，从生涩的歌喉里机械的发出来的；但它们经了夏夜的微风的吹漾和水波的摇拂，袅娜着到我们耳边的时候，已经不单是她们的歌声，而混着微风和河水的密语了。于是我们不得不被牵惹着，震撼着，相与浮沉于这歌声里了。从东关头转湾，不久就到大中桥。大中桥共有三个桥拱，都很阔大，俨然是三座门儿；使我们觉得我们的船和船里的我们，在桥下过去时，真是太无颜色了。桥砖是深褐色,表明它的历史的长久;但都完好无缺,令人太息于古昔工程的坚美。桥上两旁都是木壁的房子,中间应该有街路?这些房子都破旧了,多年烟熏的迹,遮没了当年的美丽。我想象秦淮河的极盛时,在这样宏阔的桥上,特地盖了房子,必然是髹漆得富富丽丽的;晚间必然是灯火通明的。现在却只剩下一片黑沉沉!但是桥上造着房子,毕竟使我们多少可以想见往日的繁华;这也慰情聊胜无了。过了大中桥,便到了灯月交辉,笙歌彻夜的秦淮河;这才是秦淮河的真面目哩。

大中桥外,顿然空阔,和桥内两岸排着密密的人家的大异了。一眼望去,疏疏的林,淡淡的月,衬着蓝蔚的天,颇像荒江野渡光景;那边呢,郁葱葱的,阴森森的,又似乎藏着无边的黑暗:令人几乎不信那是繁华的秦淮河了。但是河中眩晕着的灯光,纵横着的画舫,悠扬着的笛韵,夹着那吱吱的胡琴声,终于使我们认识绿如茵陈酒的秦淮水了。此地天裸露着的多些,故觉夜来的独迟些;从清清的水影里,我们感到的只是薄薄的夜——这正是秦淮河的夜。大中桥外,本来还有一座复成桥,是船夫口中的我们的游踪尽处,或也是秦淮河繁华的尽处了。我的脚曾踏过复成桥的脊,在十三四岁的时候。但是两次游秦淮河,却都不曾见着复成桥的面;明知总在前途的,却常觉得有些虚无缥缈似的。我想,不见倒也好。这时正是盛夏。我们下船后,借着新生的晚凉和河上的微风,暑气已渐渐消散;到了此地,豁然开朗,身子顿然轻了——习习的清风荏苒在面上,手上,衣上,这便又感到了一缕新凉了。南京的日光,大概没有杭州猛烈;西湖的夏夜老是热蓬蓬的,水像沸着一般,秦淮河的水却尽是这样冷冷地绿着。任你人影的憧憧,歌声的扰扰,总像隔着一层薄薄的绿纱面幂似的;它尽是这样静静的,冷冷的绿着。我们出了大中桥，走不上半里路，船夫便将船划到一旁，停了桨由它宕着。他以为那里正是繁华的极点，再过去就是荒凉了；所以让我们多多赏鉴一会儿。他自己却静静的蹲着。他是看惯这光景的了，大约只是一个无可无不可。这无可无不可，无论是升的沉的，总之，都比我们高了。

那时河里闹热极了；船大半泊着，小半在水上穿梭似的来往。停泊着的都在近市的那一边，我们的船自然也夹在其中。因为这边略略的挤，便觉得那边十分的疏了。在每一只船从那边过去时，我们能画出它的轻轻的影和曲曲的波，在我们的心上；这显着是空，且显着是静了。那时处处都是歌声和凄厉的胡琴声，圆润的喉咙，确乎是很少的。但那生涩的，尖脆的调子能使人有少年的，粗率不拘的感觉，也正可快我们的意。况且多少隔开些儿听着，因为想象与渴慕的做美，总觉更有滋味；而竞发的喧嚣，抑扬的不齐，远近的杂沓，和乐器的嘈嘈切切，合成另一意味的谐音，也使我们无所适从，如随着大风而走。这实在因为我们的心枯涩久了，变为脆弱；故偶然润泽一下，便疯狂似的不能自主了。但秦淮河确也腻人。即如船里的人面，无论是和我们一堆儿泊着的，无论是从我们眼前过去的，总是模模糊糊的，甚至渺渺茫茫的；任你张圆了眼睛，揩净了眦垢，也是枉然。这真够人想呢。在我们停泊的地方，灯光原是纷然的；不过这些灯光都是黄而有晕的。黄已经不能明了，再加上了晕，便更不成了。灯愈多，晕就愈甚；在繁星般的黄的交错里，秦淮河仿佛笼上了一团光雾。光芒与雾气腾腾的晕着，什么都只剩了轮廓了；所以人面的详细的曲线，便消失于我们的眼底了。但灯光究竟夺不了那边的月色；灯光是浑的，月色是清的，在浑沌的灯光里，渗入了一派清辉，却真是奇迹！那晚月儿已瘦削了两三分。她晚妆才罢，盈盈的上了柳梢头。

天是蓝得可爱,仿佛一汪水似的;月儿便更出落得精神了。岸上原有三株两株的垂杨树,淡淡的影子,在水里摇曳着。它们那柔细的枝条浴着月光,就像一只只美人的臂膊,交互的缠着,挽着;又像是月儿披着的发。而月儿偶然也从它们的交叉处偷偷窥看我们,大有小姑娘怕羞的样子。岸上另有几株不知名的老树,光光的立着;在月光里照起来。却又俨然是精神矍铄的老人。远处——快到天际线了,才有一两片白云,亮得现出异彩,像美丽的贝壳一般。白云下便是黑黑的一带轮廓;是一条随意画的不规则的曲线。这一段光景,和河中的风味大异了。但灯与月竟能并存着,交融着,使月成了缠绵的月,灯射着渺渺的灵辉;这正是天之所以厚秦淮河,也正是天之所以厚我们了。

这时却遇着了难解的纠纷。秦淮河上原有一种歌妓,是以歌为业的。从前都在茶舫上,唱些大曲之类。每日午后一时起;什么时候止,却忘记了。晚上照样也有一回。也在黄晕的灯光里。我从前过南京时,曾随着朋友去听过两次。因为茶舫里的人脸太多了,觉得不大适意,终于听不出所以然。前年听说歌妓被取缔了,不知怎的,颇设想了几次——却想不出什么。这次到南京,先到茶舫上去看看,觉得颇是寂寥,令我无端的怅怅了。不料她们却仍在秦淮河里挣扎着,不料她们竟会纠缠到我们,我于是很张皇了。她们也乘着"七板子",她们总是坐在舱前的。舱前点着石油汽灯,光亮炫人眼目:坐在下面的,自然是纤毫毕见了——引诱客人们的力量,也便在此了。舱里躲着乐工等人,映着汽灯的余辉蠕动着;他们是永远不被注意的。每船的歌妓大约都是二人;天色一黑,她们的船就在大中桥外往来不息的兜生意。无论行着的船,泊着的船,都要来兜揽的。这都是我后来推想出来的。

那晚不知怎样,忽然轮着我们的船了。我们的船好好的停着,一只歌舫划向我们来的;渐渐和我们的船并着了。铄铄的灯光逼得我们皱起了眉头;我们的风尘色全给它托出来了,这使我踧踖不安了。那时一个伙计跨过船来,拿着摊开的歌折,就近塞向我的手里,说,“点几出吧”! 他跨过来的时候,我们船上似乎有许多眼光跟着。同时相近的别的船上也似乎有许多眼睛炯炯的向我们船上看着。我真窘了! 我也装出大方的样子,向歌妓们瞥了一眼,但究竟是不成的! 我勉强将那歌折翻了一翻,却不曾看清了几个字;便赶紧递还那伙计,一面不好意思地说,“不要,我们……不要。”他便塞给平伯。平伯掉转头去,摇手说,“不要!”那人还腻着不走。平伯又回过脸来,摇着头道,“不要!”于是那人重到我处。我窘着再拒绝了他。他这才有所不屑似的走了。我的心立刻放下,如释了重负一般。我们就开始自白了。

我说我受了道德律的压迫,拒绝了她们;心里似乎很抱歉的。这所谓抱歉,一面对于她们,一面对于我自己。她们于我们虽然没有很奢的希望;但总有些希望的。我们拒绝了她们,无论理由如何充足,却使她们的希望受了伤;这总有几分不做美了。这是我觉得很怅怅的。至于我自己,更有一种不足之感。我这时被四面的歌声诱惑了,降服了;但是远远的,远远的歌声总仿佛隔着重衣搔痒似的,越搔越搔不着痒处。我于是憧憬着贴耳的妙音了。在歌舫划来时,我的憧憬,变为盼望;我固执的盼望着,有如饥渴。虽然从浅薄的经验里,也能够推知,那贴耳的歌声,将剥去了一切的美妙;但一个平常的人像我的,谁愿凭了理性之力去丑化未来呢? 我宁愿自己骗着了。不过我的社会感性是很敏锐的;我的思力能拆穿道德律的西洋镜,而我的感情却终于被它压服着,我于是有所顾忌了,尤其是在众目昭彰的时候。道德律的力，本来是民众赋予的；在民众的面前，自然更显出它的威严了。我这时一面盼望，一面却感到了两重的禁制：一，在通俗的意义上，接近妓者总算一种不正当的行为；二，妓是一种不健全的职业，我们对于她们，应有哀矜勿喜之心，不应赏玩的去听她们的歌。在众目睽睽之下，这两种思想在我心里最为旺盛。她们暂时压倒了我的听歌的盼望，这便成就了我的灰色的拒绝。那时的心实在异常状态中，觉得颇是昏乱。歌舫去了，暂时宁靖之后，我的思绪又如潮涌了。两个相反的意思在我心头往复：卖歌和卖淫不同，听歌和狎妓不同，又干道德甚事？——但是，但是，她们既被逼的以歌为业，她们的歌必无艺术味的；况她们的身世，我们究竟该同情的。所以拒绝倒也是正办。但这些意思终于不曾撇开我的听歌的盼望。它力量异常坚强；它总想将别的思绪踏在脚下。从这重重的争斗里，我感到了浓厚的不足之感。这不足之感使我的心盘旋不安，起坐都不安宁了。唉！我承认我是一个自私的人！平伯呢，却与我不同。他引周启明先生的诗，“因为我有妻子，所以我爱一切的女人，因为我有子女，所以我爱一切的孩子。”①他的意思可以见了。他因为推及的同情，爱着那些歌妓，并且尊重着她们，所以拒绝了她们。在这种情形下，他自然以为听歌是对于她们的一种侮辱。但他也是想听歌的，虽然不和我一样，所以在他的心中，当然也有一番小小的争斗；争斗的结果，是同情胜了。至于道德律，在他是没有什么的；因为他很有蔑视一切的倾向，民众的力量在他是不大觉着的。这时他的心意的活动比较简单，又比较松弱，

① 原诗是，“我为了自己的儿女才爱小孩子，为了自己的妻才爱女人”，见《雪朝》第 48 页。

故事后还怡然自若;我却不能了。这里平伯又比我高了。

在我们谈话中间,又来了两只歌舫。伙计照前一样的请我们点戏,我们照前一样的拒绝了。我受了三次窘,心里的不安更甚了。清艳的夜景也为之减色。船夫大约因为要赶第二趟生意,催着我们回去;我们无可无不可的答应了。我们渐渐和那些晕黄的灯光远了,只有些月色冷清清的随着我们的归舟。我们的船竟没个伴儿,秦淮河的夜正长哩! 到大中桥近处,才遇着一只来船。这是一只载妓的板船,黑漆漆的没有一点光。船头上坐着一个妓女;暗里看出,白地小花的衫子,黑的下衣。她手里拉着胡琴,口里唱着青衫的调子。她唱得响亮而圆转;当她的船箭一般驶过去时,余音还袅袅的在我们耳际,使我们倾听而向往。想不到在弩末的游踪里,还能领略到这样的清歌! 这时船过大中桥了,森森的水影,如黑暗张着巨口,要将我们的船吞了下去。我们回顾那渺渺的黄光,不胜依恋之情;我们感到了寂寞了! 这一段地方夜色甚浓,又有两头的灯火招邀着;桥外的灯火不用说了,过了桥另有东关头疏疏的灯火。我们忽然仰头看见依人的素月,不觉深悔归来之早了! 走过东关头,有一两只大船湾泊着,又有几只船向我们来着。嚣嚣的一阵歌声人语,仿佛笑我们无伴的孤舟哩。东关头转湾,河上的夜色更浓了;临水的妓楼上,时时从帘缝里射出一线一线的灯光;仿佛黑暗从酣睡里眨了一眨眼。我们默然的对着,静听那汩——汩的桨声,几乎要入睡了;朦胧里却温寻着适才的繁华的余味。我那不安的心在静里愈显活跃了! 这时我们都有了不足之感,而我的更其浓厚。我们却又不愿回去,于是只能由懊悔而怅惘了。船里便满载着怅惘了。直到利涉桥下,微微嘈杂的人声,才使我豁然一惊;那光景却又不同。右岸的河房里,都大开了窗户,里面亮着晃晃的电灯,电灯的光射到水上,蜿蜒曲折,闪闪不息,正如跳舞着的仙女的臂膊。我们的船已在她的臂膊里了;如睡在摇篮里一样,倦了的我们便又入梦了。那电灯下的人物,只觉像蚂蚁一般,更不去萦念。这是最后的梦;可惜是最短的梦!黑暗重复落在我们面前,我们看见傍岸的空船上一星两星的,枯燥无力又摇摇不定的灯光。我们的梦醒了,我们知道就要上岸了;我们心里充满了幻灭的情思。

1923年10月11日作完,于温州。

憎

我生平怕看见干笑，听见敷衍的话；更怕冰搁着的脸和冷淡的言词，看了，听了，心里便会发抖。至于残酷的佯笑，强烈的揶揄，那简直要我全身都痉挛般掣动了。在一般看惯、听惯、老于世故的前辈们，这些原都是“家常便饭”，很用不着大惊小怪地去张扬；但如我这样一个阅历未深的人，神经自然容易激动些，又痴心渴望着爱与和平，所以便不免有些变态。平常人可以随随便便过去的，我不幸竟是不能；因此增加了好些苦恼，减却了好些“生力”。——这真所谓“自作孽”了！

前月我走过北火车站附近。马路上横躺着一个人：微侧着蜷曲的身子。脸被一破芦苇遮了，不曾看见；穿着黑布夹袄，垢腻的淡青的衬里，从一处处不规则地显露，白斜纹的单袴，受了尘秽底沾染，早已变成灰色；双足是赤着，脚底满涂着泥土，脚面满积着尘垢，皮上却皱着网一般的细纹，映在太阳里，闪闪有光。这显然是一个劳动者底尸体了。一个不相干的人死了，原是极平凡的事；况是一个不相干又不相干的劳动者呢？所以围着看的虽有十余人，却都好奇地睁着眼，脸上的筋肉也都冷静而弛缓。我给周遭的冷淡噤住了；但因为我的老脾气，终于茫漠地想着：他的一生是完了；但于他曾有什么价值呢？他的死，自然，不自然呢？上海像他这样人，知道有多少？像他这样死的，知道一日里又有多少？再推到全世界呢？……这不免引起我对于人类运命的一种杞忧了！但是思想忽然转向，何以那些看闲的，于这一个同伴底死如此冷淡呢？倘然死的是他们的兄弟，朋友，或相识者，他们将必哀哭切齿，至少也必惊惶；这个不识者，在他们却是无关得失的，所以便漠然了？但是，果然无关得失么？“叫天子一声叫”，尚能“撕去我一缕神经”，一个同伴悲惨的死，果然无关得失么？一人生在世，倘只有极少极少的所谓得失相关者顾念着，岂不是太孤寂又太狭隘了么？狭隘，孤寂的人间，哪里有善良的生活！唉！我不愿再往下想了！

这便是遍满现世间的“漠视”了。我有一个中学同班的同学。他在高等学校毕了业；今年恰巧和我同事。我们有四五年不见面，不通信了；相见时我很高兴，滔滔汩汩地向他说知别后的情形；称呼他的号，和在中学时一样。他只支持着同样的微笑听着。听完了，仍旧支持那微笑，只用极简单的话说明他中学毕业后的事，又称了我几声“先生”。我起初不曾留意，陡然发见那干涸的微笑，心里先有些怯了；接着便是那机器榨出来的几句话和“敬而远之”的一声声的“先生”，我全身都不自在起来；热烈的想望早冰结在心坎里！可是到底鼓勇说了这一句话：“请不要这样称呼罢；我们是同班的同学哩！”他却笑着不理会，只含糊应了一回；另一个“先生”早又从他嘴里送出了！我再不能开口，只蜷缩在椅子里，眼望着他。他觉得有些奇怪，起身，鞠躬，告辞。我点了头，让他走了。这时羞愧充满在我心里；世界上有什么东西在我身上，使人弃我如敝屣呢？

约莫两星期前，我从大马路搭电车到车站。半路上上来一个魁梧奇伟的华捕。他背着手直挺挺的靠在电车中间的转动机(?)上。穿着青布制服，戴着红缨凉帽，蓝的绑腿，黑的厚重的皮鞋：这都和他别的同伴一样。另有他的一张粗黑的盾形的脸，在那脸上表现出他自己的特色。在那脸，嘴上是抿了，两眼直看着前面，筋肉像浓霜后的大地一般冷重；一切有这样地严肃，我几乎疑惑那是黑的石像哩！从他上车，我端详了好久，总不见那脸上有一丝的颤动；我忽然感到一种压迫的感觉，仿佛有人用一条厚棉被连头夹脑紧紧地捆了我一般，呼吸便渐渐地低迫促了。那时电车停了；再开的时候，从车后匆匆跑来一个贫妇。伊有褴褛的古旧的浑沌色的竹布长褂和袴；跑时只是用两只小脚向前挣扎，蓬蓬的黄发纵横地飘拂着；瘦黑多皱襞的脸上，闪烁着两个热望的眼珠，嘴唇不住地开合——自然是喘息了。伊大概有紧要的事，想搭乘电车。来得慢了，捏捉着车上的铁柱。早又被他从伊手里滑去；于是伊只有踉踉跄跄退下了！这时那位华捕忽然出我意外，赫然地笑了；他看着拙笨的伊，叫道："哦——呵！"他颊上，眼旁，霜浓的筋肉都开始显出匀称的皱纹；两眼细而润泽，不似先前的枯燥；嘴是裂开了，露出两个灿灿的金牙和一色洁白的大齿；他身体的姿势似乎也因此变动了些。他的笑虽然暂时地将我从冷漠里解放；但一刹那间，空虚之感又使我几乎要被身份的大气压扁！因为从那笑底貌和声里，我锋利地感着一切的骄傲，狡猾，侮辱，残忍；只要有"爱底心"，"和平底光芒"的，谁底全部神经能不被痉挛般掣动着呢？

这便是遍满现世间的"蔑视"了。我今年春间，不自量力，去任某校教务主任。同事们多是我的熟人，但我于他们，却几乎是个完全的生人；我遍尝漠视和漠视底滋味，感到莫名的孤寂！那时第一难事是拟订日课表。因了师生们关系底复杂，校长交来三十余条件；经验缺乏、脑筋简单的我，真是无所措手足！挣揣了五六天工夫，好容易勉强凑成了。却有一位在别校兼课的，资望深重的先生，因为有几天午后的第一课和别校午前的第四课衔接，两校相距太远，又要回家吃饭，有些赶不及，便大不满意。他这兼课情形，我本不知，校长先生底条件里，也未开入；课表中不能顾到，似乎也"情有可原"。但这位先生向来是面若冰霜，气如虹盛；他的字典里大约是没有"恕"字的，于是挑战底信来了，说什么"既难枵腹，又无汽车；如何设法，还希见告"！我当时受了这意外的，滥发的，冷酷的讽刺，极为难受；正是满肚皮冤枉，没申诉处，我并未曾有一些开罪于他，他却为何待我如仇敌呢？我便写一信复他，自己略略辩解；对于他的态度，表示十分的遗憾：我说若以他的失当的谴责，便该不理这事，可是因为向学校的责任，我终于给他设法了。他接信后，"上诉"于校长先生。校长先生请我去和他对质。狡黠的复仇的微笑在他脸上，正和有毒的菌类显着光怪陆离的彩色一般。他极力说得慢些，说低些："为什么说'便该不理'呢？课表岂是'钦定'的么？——若说态度，该怎样啊！许要用'请愿'罢？"这里每一个字便像一把利剑，缓缓地，但是深深地，刺入我心里！——他完全胜利，脸上换了愉快的微笑，侮蔑地看着默了的我，我不能再支持，立刻辞了职回去。

这便是遍满现世间的"敌视"了。

1921年11月4日

正义

人间的正义是在哪里呢？

正义是在我们的心里！从明哲的教训和见闻的意义中，我们不是得着大批的正义么？但白白的搁在心里，谁也不去取用，却至少是可惜的事。两石白米堆在屋里，总要吃它干净，两箱衣服堆在屋里，总要轮流穿换，一大堆正义却扔在一旁，满不理会，我们真大方，真舍得！看来正义这东西也真贱，竟抵不上白米的一个尖儿，衣服的一个扣儿。——爽性用它不着，倒也罢了，谁都又装出一副发急的样子，张张皇皇的寻觅着。这个葫芦里卖的什么药？我的聪明的同伴呀，我真想不通了！

我不曾见过正义的面，只见过它的弯曲的影儿——在“自我”的唇边，在“威权”的面前，在“他人”的背后。

正义可以做幌子，一个漂亮的幌子，所以谁都愿意念着它的名字。“我是正经人，我要做正经事”，谁都向他的同伴这样隐隐的自诩着。但是除了用以“自诩”之外，正义对于他还有什么作用呢？他独自一个时，在生人中间时，早忘了它的名字，而去创造“自己的正义”了！他所给予正义的，只是让它的影儿在他的唇边闪烁一番而已。但是，这毕竟不算十分孤负正义，比那凭着正义的名字以行罪恶的，还胜一筹。可怕的正是这种假名行恶的人。他嘴里唱着正义的名字，手里却满满的握着罪恶；他将这些罪恶送给社会，粘上金碧辉煌的正义的签条送了去。社会凭着他所唱的名字和所粘的签条，欣然受了这份礼；就是明知道是罪恶，也还是欣然受了这份礼！易卜生"社会栋梁"一出戏，就是这种情形。这种人的唇边，虽更频繁的闪烁着正义的弯曲的影儿，但是深藏在他们心底的正义，只怕早已霉了，烂了，且将毁灭了。在这些人里，我见不着正义！

在亲子之间，师傅学徒之间，军官兵士之间，上司属僚之间，似乎有正义可见了，但是也不然。卑幼大抵顺从他们长上的，长上要施行正义于他们，他们诚然是不"能"违抗的——甚至"父教子死，子不得不死"一类话也说出来了。他们发见有形的扑鞭和无形的赏罚在长上们的背后，怎敢去违抗呢？长上们凭着威权的名字施行正义，他们怎敢不遵呢？但是你私下问他们，"信么？服么？"他们必摇摇他们的头，甚至还奋起他们的双拳呢！这正是因为长上们不凭着正义的名字而施行正义的缘故了。这种正义只能由长上行于卑幼，卑幼是不能行于长上的，所以是偏颇的；这种正义只能施于卑幼，而不能施于他人，所以是破碎的；这种正义受着威权的鼓弄，有时不免要扩大到它的应有的轮廓之外，那时它乂是肥大的。这些仍旧只是正义的弯曲的影儿。不凭着正义的名字而施行正义，我在这等人里，仍旧见不着它！

在没有威权的地方，正义的影儿更弯曲了。名位与金钱的面前，正义只剩淡如水的微痕了。你瞧现在一般大人先生见了所谓督军等人的劲儿！他们未必愿意如此的，但是一当了面，估量着对手的名位，就不免心里一软，自然要给他一些面子——于是不知不觉的就敷衍起来了。至于平常的人，偶然见了所谓名流,也不免要吃一惊,那时就是心里有一百二十个不以为然,也只好姑且放下,另做出一番“足恭”的样子,以表倾慕之诚。所以一班达官通人,差不多是正义的化外之民,他们所做的都是合于正义的,乃至他们所做的就是正义了!——在他们实在无所谓正义与否了。呀!这样,正义岂不已经沦亡了?却又不然。须知我只说“面前”是无正义的,“背后”的正义却幸而还保留着。社会的维持,大部分或者就靠着这背后的正义罢。但是背后的正义,力量究竟是有限的,因为隔开一层,不由的就单弱了。一个为富不仁的人,背后虽然免不了人们的指摘,面前却只有恭敬。一个华服翩翩的人,犯了违警律,就是警察也要让他五分。这就是我们的正义了!我们的正义百分之九十九是在背后的,而在极亲近的人间,有时连这个背后的正义也没有!因为太亲近了,什么也可以原谅了,什么也可以马虎了,正义就任怎么弯曲也可以了。背后的正义只有存生疏的人们间。生疏的人们间,没有什么密切的关系,自然可以用上正义这个幌子。至于一定要到背后才叫出正义来,那全是为了情面的缘故。情面的根柢大概也是一种同情,一种廉价的同情。现在的人们只喜欢廉价的东西,在正义与情面两者中,就尽先取了情面,而将正义放在背后。在极亲近的人间,情面的优先权到了最大限度,正义就几乎等于零,就是在背后也没有了。背后的正义虽也有相当的力量,但是比起面前的正义就大大的不同,启发与戒惧的功能都如搀了水的薄薄的牛乳似的——于是仍旧只算是一个弯曲的影儿。在这些人里,我更见不着正义!

人间的正义究竟是在哪里呢?满藏在我们心里!为什么不取出来呢?它没有优先权!在我们心里,第一个尖儿是自私,其余就是威权,势力,亲疏，情面等等；等到这些角色一一演毕，才轮得到我们可怜的正义。你想，时候已经晚了，它还有出台的机会么？没有！所以你要正义出台，你就得排除一切，让它做第一个尖儿。你得凭着它自己的名字叫它出台。你还得抖擞精神，准备一副好身手，因为它是初出台的角儿，捣乱的人必多，你得准备着打——不打不成相识呀！打得站住了脚携住了手，那时我们就能从容的瞻仰正义的面目了。

《我们的七月》，1924 年。

航船中的文明

第一次乘夜航船，从绍兴府桥到西兴渡口。

绍兴到西兴本有汽油船。我因急于来杭，又因年来逐逐于火车轮船之中，也想“回到”航船里，领略先代生活的异样的趣味；所以不顾亲戚们的坚留和劝说（他们说航船里是很苦的），毅然决然的于下午六时左右下了船。有了“物质文明”的汽油船，却又有“精神文明”的航船，使我们徘徊其间，左右顾而乐之，真是二十世纪中国人的幸福了！

航船中的乘客大都是小商人；两个军弁是例外。满船没有一个士大夫；我区区或者可充个数儿，——因为我曾读过几年书，又忝为大夫之后——但也是例外之例外！真的，那班士大夫到哪里去了呢？这不消说得，都到了轮船里去了！士大夫虽也擎着大旗拥护精神文明，但千虑不免一失，竟为那物质文明的孙儿，满身洋油气的小玩意儿骗得定定的，忍心害理的撇了那老相好。于是航船虽然照常行驶，而光彩已减少许多！这确是一件可以慨叹的事；而“国粹将亡”的呼声，似也不是徒然的了。呜呼，是谁之咎欤？

既然来到这“精神文明”的航船里，正可将船里的精神文明考察一番，才不虚此一行。但从哪里下手呢？这可有些为难，踌躇之间，恰好来了一个女人。——我说“来了”,仿佛亲眼看见,而孰知不然;我知道她“来了”,是在听见她尖锐的语音的时候。至于她的面貌,我至今还没有看见呢。这第一要怪我的近视眼,第二要怪那袭人的暮色,第三要怪——哼——要怪那“男女分坐”的精神文明了。女人坐在前面,男人坐在后面;那女人离我至少有两丈远,所以便不可见其脸了。且慢,这样左怪右怪,“其词若有憾焉”,你们或者猜想那女人怎样美呢。而孰知又大大的不然!我也曾“约略的”看来,都是乡下的黄面婆而已。至于尖锐的语音,那是少年的妇女所常有的,倒也不足为奇。然而这一次,那来了的女人的尖锐的语音竟致劳动区区的执笔者,却又另有缘故。在那语音里,表示出对于航船里精神文明的抗议;她说,“男人女人都是人!”她要坐到后面来,(因前面太挤,实无他故,合并声明,)而航船里的“规矩”是不许的。船家拦住她,她仗着她不是姑娘了,便老了脸皮,大着胆子,慢慢的说了那句话。她随即坐在原处,而“批评家”的议论繁然了。一个船家在船沿上走着,随便的说,“男人女人都是人,是的,不错。做秤钩的也是铁,做秤锤的也是铁,做铁锚的也是铁,都是铁呀!”这一段批评大约十分巧妙,说出诸位“批评家”所要说的,于是众喙都息,这便成了定论。至于那女人,事实上早已坐下了;“孤掌难鸣”,或者她饱饫了诸位“批评家”的宏论,也不要鸣了罢。“是非之心”,虽然“人皆有之”,而撑船经商者流,对于名教之大防,竟能剖辨得这样“详明”,也着实亏他们了。中国毕竟是礼义之邦,文明之古国呀!——我悔不该乱怪那“男女分坐”的精神文明了!

“祸不单行”,凑巧又来了一个女人。她是带着男人来的。——呀,带着男人!正是;所以才“祸不单行”呀!——说得满口好绍兴的杭州话,在黑暗里隐隐露着一张白脸；带着五六分城市气。船家照他们的“规矩”，要将这一对儿生刺刺的分开；男人不好意思做声，女的却抢着说，“我们是‘一堆生’[①]的！”太亲热的字眼，竟在“规规矩矩的”航船里说了！于是船家命令的嚷道：“我们有我们的规矩，不管你‘一堆生’不‘一堆生’的！”大家都微笑了。有的沉吟的说：“一堆生的？”有的惊奇的说：“一‘堆’生的！”有的嘲讽的说：“哼，一堆生的！”在这四面楚歌里，凭你怎样伶牙俐齿，也只得服从了！“妇者，服也”，这原是她的本行呀。只看她毫不置辩，毫不懊恼，还是若无其事的和人攀谈，便知她确乎是“服也”了。这不能不感谢船家和乘客诸公“卫道”之功；而论功行赏，船家尤当首屈一指。呜呼，可以风矣！

在黑暗里征服了两个女人，这正是我们的光荣；而航船中的精神文明，也粲然可见了——于是乎书。

1924年5月3日

① 原注：“一块儿”也。

白种人——上帝的骄子！

去年暑假到上海，在一路电车的头等里，见一个大西洋人带着一个小西洋人，相并地坐着。我不能确说他俩是英国人或美国人；我只猜他们是父与子。那小西洋人，那白种的孩子，不过十一二岁光景，看去是个可爱的小孩，引我久长的注意。他戴着平顶硬草帽，帽檐下端正地露着长圆的小脸。白中透红的面颊，眼睛上有着金黄的长睫毛，显出和平与秀美。我向来有种癖气：见了有趣的小孩，总想和他亲热，做好同伴；若不能亲热，便随时亲近亲近也好。在高等小学时，附设的初等里，有一个养着乌黑的西发的刘君，真是依人的小鸟一般；牵着他的手问他的话时，他只静静地微仰着头，小声儿回答——我不常看见他的笑容，他的脸老是那么幽静和真诚，皮下却烧着亲热的火把。我屡次让他到我家来，他总不肯；后来两年不见，他便死了。我不能忘记他！我牵过他的小手，又摸过他的圆下巴。但若遇着陌生的小孩，我自然不能这么做，那可有些窘了；不过也不要紧，我可用我的眼睛看他——一回，两回，十回，几十回！孩子大概不很注意人的眼睛，所以尽可自由地看，和看女人要遮遮掩掩的不同。我凝视过许多初会面的孩子，他们都不曾向我抗议；至多拉着同在的母亲的手，或倚着她的膝头，将眼看她两看罢了。所以我胆子很大。这回在电车里又发了老癖气，我两次三番地看那白种的孩子,小西洋人!

初时他不注意或者不理会我,让我自由地看他。但看了不几回,那父亲站起来了,儿子也站起来了,他们将到站了。这时意外的事来了。那小西洋人本坐在我的对面;走近我时,突然将脸尽力地伸过来了,两只蓝眼睛大大地睁着,那好看的睫毛已看不见了;两颊的红也已褪了不少了。和平,秀美的脸一变而为粗俗,凶恶的脸了!他的眼睛里有话:"咄!黄种人,黄种的支那人,你——你看吧!你配看我!"他已失了天真的稚气,脸上满布着横秋的老气了!我因此宁愿称他为"小西洋人"。他伸着脸向我足有两秒钟;电车停了,这才胜利地掉过头,牵着那大西洋人的手走了。大西洋人比儿子似乎要高出一半;这时正注目窗外,不曾看见下面的事。儿子也不去告诉他,只独断独行地伸他的脸;伸了脸之后,便又若无其事的,始终不发一言——在沉默中得着胜利,凯旋而去。不用说,这在我自然是一种袭击,"出其不意,攻其不备"的袭击!

这突然的袭击使我张皇失措;我的心空虚了,四面的压迫很严重,使我呼吸不能自由。我曾在N城的一座桥上,遇见一个女人;我偶然地看她时,她却垂下了长长的黑睫毛,露出老练和鄙夷的神色。那时我也感着压迫和空虚,但比起这一次,就稀薄多了:我在那小西洋人两颗枪弹似的眼光之下,茫然地觉着有被吞食的危险,于是身子不知不觉地缩小——大有在奇境中的阿丽思的劲儿!我木木然目送那父与子下了电车,在马路上开步走;那小西洋人竟未一回头,断然地去了。我这时有了迫切的国家之感!我做着黄种的中国人,而现在还是白种人的世界,他们的骄傲与践踏当然会来的;我所以张皇失措而觉着恐怖者,因为那骄傲我的,践踏我的,不是别人,只是一个十来岁的“白种的”孩子，竟是一个十来岁的白种的“孩子”！我向来总觉得孩子应该是世界的，不应该是一种，一国，一乡，一家的。我因此不能容忍中国的孩子叫西洋人为“洋鬼子”。但这个十来岁的白种的孩子，竟已被撳入人种与国家的两种定型里了。他已懂得凭着人种的优势和国家的强力，伸着脸袭击我了。这一次袭击实是许多次袭击的小影，他的脸上便缩印着一部中国的外交史。他之来上海，或无多日，或已长久，耳濡目染，他的父亲，亲长，先生，父执，乃至同国，同种，都以骄傲践踏对付中国人；而他的读物也推波助澜，将中国编派得一无是处，以长他自己的威风。所以他向我伸脸，决非偶然而已。

这是袭击，也是侮蔑，大大的侮蔑！我因了自尊，一面感着空虚，一面却又感着愤怒；于是有了迫切的国家之念。我要诅咒这小小的人！但我立刻恐怖起来了：这到底只是十来岁的孩子呢，却已被传统所埋葬；我们所日夜想望着的“赤子之心”，世界之世界（非某种人的世界，更非某国人的世界！），眼见得在正来的一代，还是毫无信息的！这是你的损失，我的损失，他的损失，世界的损失；虽然是怎样渺小的一个孩子！但这孩子却也有可敬的地方：他的从容，他的沉默，他的独断独行，他的一去不回头，都是力的表现，都是强者适者的表现。决不婆婆妈妈的，决不粘粘搭搭的，一针见血，一刀两断，这正是白种人之所以为白种人。

我真是一个矛盾的人。无论如何，我们最要紧的还是看看自己，看看自己的孩子！谁也是上帝之骄子；这和昔日的王侯将相一样，是没有种的！

1925年6月19日夜

说梦

伪《列子》里有一段梦话,说得甚好:

> “周之尹氏大治产,其下趣役者,侵晨昏而不息。有老役夫筋力竭矣,而使之弥勤。昼则呻呼而即事,夜则昏惫而熟寐。精神荒散,昔昔梦为国君:居人民之上,总一国之事;游燕宫观,恣意所欲,其乐无比。觉则复役人。……尹氏心营世事,虑钟家业,心形俱疲,夜亦昏惫而寐。昔昔梦为人仆:趋走作役,无不为也;数骂杖挞,无不至也。眠中啽呓呻呼,彻旦息焉。……”

此文原意是要说出“苦逸之复,数之常也;若欲觉梦兼之,岂可得邪?”这其间大有玄味,我是领略不着的;我只是断章取义地赏识这件故事的自身,所以才老远地引了来。我只觉得梦不是一件坏东西。即真如这件故事所说,也还是很有意思的。因为人生有限,我们若能夜夜有这样清楚的梦,则过了一日,足抵两日,过了五十岁,足抵一百岁;如此便宜的事,真是落得的。至于梦中的“苦乐”,则照我素人的见解,毕竟是“梦中的”苦乐,不必斤斤计较的。若必欲斤斤计较，我要大胆地说一句：他和那些在墙上贴红纸条儿，写着“夜梦不祥，书破大吉”的，同样地不懂得梦！

但庄子说道，“至人无梦。”伪《列子》里也说道，古之真的辩士又发明了这个“二三等车”的比喻，真是媲美前修，启迪来学了。但这个“二三等之别”究竟也有例外；我离开南京那一晚，明明在三等车上看见三个“她”！我想：“她”“她”“她”何以不坐二等车呢？难道客气不成？——那位辩士的话应该是不错的！

1925 年 10 月

春晖的一月

去年在温州,常常看到本刊,觉得很是欢喜。本刊印刷的形式,也颇别致,更使我有一种美感。今年到宁波时,听许多朋友说,白马湖的风景怎样怎样好,更加向往。虽然于什么艺术都是门外汉,我却怀抱着爱“美”的热诚,三月二日,我到这儿上课来了。在车上看见,“春晖中学校”的路牌,白地黑字的,小秋千架似的路牌,我便高兴。出了车站,山光水色,扑面而来,若许我抄前人的话,我真是“应接不暇”了。于是我便开始了春晖的第一日。

走向春晖,有一条狭狭的煤屑路。那黑黑的细小的颗粒,脚踏上去,便发出一种摩擦的噪音,给我多少清新的趣味。而最系我心的,是那小小的木桥。桥黑色,由这边慢慢地隆起,到那边又慢慢的低下去,故看去似乎很长。我最爱桥上的栏杆,那变形的卐纹的栏杆;我在车站门口早就看见了,我爱它的玲珑!桥之所以可爱,或者便因为这栏杆哩。我在桥上逗留了好些时。这是一个阴天。山的容光,被云雾遮了一半,仿佛淡妆的姑娘。但三面映照起来,也就青得可以了,映在湖里,白马湖里,接着水光,却另有一番妙景。我右手是个小湖,左手是个大湖。湖有这样大,使我自己觉得小了。湖水有这样满,仿佛要漫到我的脚下。湖在山的趾边,山在湖的唇边;他俩这样亲密,湖将山全吞下去了。吞的是青的,吐的是绿的,那软软的绿呀,绿的是一片,绿的却不安于一片;它无端的皱起来了。如絮的微痕,界出无数片的绿;闪闪闪闪的,像好看的眼睛。湖边系着一只小船,四面却没有一个人,我听见自己的呼吸。想起"野渡无人舟自横"的诗,真觉物我双忘了。

好了,我也该下桥去了;春晖中学校还没有看见呢。弯了两个弯儿,又过了一重桥。当面有山挡住去路;山旁只留着极狭极狭的小径。挨着小径,抹过山角,豁然开朗;春晖的校舍和历落的几处人家,都已在望了。远远看去,房屋的布置颇疏散有致,决无拥挤、局促之感。我缓缓走到校前,白马湖的水也跟我缓缓的流着。我碰着丏尊先生。他引我过了一座水门汀的桥,便到了校里。校里最多的是湖,三面潺潺的流着;其次是草地,看过去芊芊的一片。我是常住城市的人,到了这种空旷的地方,有莫名的喜悦!乡下人初进城,往往有许多的惊异,供给笑话的材料;我这城里人下乡,却也有许多的惊异——我的可笑,或者竟不下于初进城的乡下人。闲言少叙,且说校里的房屋、格式、布置固然疏落有味,便是里面的用具,也无一不显出巧妙的匠意;决无笨伯的手泽。晚上我到几位同事家去看,壁上有书有画,布置井井,令人耐坐。这种情形正与学校的布置,自然界的布置是一致的。美的一致,一致的美,是春晖给我的第一件礼物。

有话即长,无话即短,我到春晖教书,不觉已一个月了。在这一个月里,我虽然只在春晖登了十五日(我在宁波四中兼课),但觉甚是亲密。因为在这里,真能够无町畦。我看不出什么界线,因而也用不着什么防备,什么顾忌;我只照我所喜欢的做就是了。这就是自由了。从前我到别处教书时,总要做几个月的“生客”，然后才能坦然。对于“生客”的猜疑，本是原始社会的遗形物，其故在于不相知。这在现社会，也不能免的。但在这里，因为没有层叠的历史，又结合比较的单纯，故没有这种习染。这是我所深愿的！这里的教师与学生，也没有什么界限。在一般学校里，师生之间往往隔开一无形界限，这是最足减少教育效力的事！学生对于教师，“敬鬼神而远之”；教师对于学生，尔为尔，我为我，休戚不关，理乱不闻！这样两橛的形势，如何说得到人格感化？如何说得到“造成健全人格”？这里的师生却没有这样情形。无论何时，都可自由说话；一切事务，常常通力合作。校里只有协治会而没有自治会。感情既无隔阂，事务自然都开诚布公，无所用其躲闪。学生因无须矫情饰伪，故甚活泼有意思。又因能顺全天性，不遭压抑；加以自然界的陶冶：故趣味比较纯正。——也有太随便的地方，如有几个人上课时喜欢谈闲天，有几个人喜欢吐痰在地板上，但这些总容易矫正的。——春晖给我的第二件礼物是真诚，一致的真诚。

春晖是在极幽静的乡村地方，往往终日看不见一个外人！寂寞是小事；在学生的修养上却有了问题。现在的生活中心，是城市而非乡村。乡村生活的修养能否适应城市的生活，这是一个问题。此地所说适应，只指两种意思：一是抵抗诱惑，二是应付环境——明白些说，就是应付人，应付物。乡村诱惑少，不能养成定力；在乡村是好人的，将来一入城市做事，或者竟抵挡不住。从前某禅师在山中修道，道行甚高；一旦入闹市，“看见粉白黛绿，心便动了”。这话看来有理，但我以为其实无妨。就一般人而论，抵抗诱惑的力量大抵和性格、年龄、学识、经济力等有“相当”的关系。除经济力与年龄外，性格、学识，都可用教育的力量提高它，这样增加抵抗诱惑的力量。提高的意思，说得明白些，便是以高等的趣味替代低等的趣味；养成优良的习惯，使不良的动机不容易有效。用了这种方法，学生达到高中毕业的年龄，也总该有相当的抵抗力了；入城市生活又何妨？（不及初中毕业时者，因初中毕业，仍须续入高中，不必自己挣扎，故不成问题。）有了这种抵抗力，虽还有经济力可以作祟，但也不能有大效。前面那禅师所以不行，一因他过的是孤独的生活，故反动力甚大，一因他只知克制，不知替代；故外力一强，便"虎兕出于神"了！这岂可与现在这里学生的乡村生活相提并论呢？至于应付环境，我以为应付物是小问题，可以随时指导；而且这与乡村，城市无大关系。我是城市的人，但初到上海，也曾因不会乘电车而跌了一跤，跌得皮破血流；这与乡下诸公又差得几何呢？若说应付人，无非是机心！什么"逢人只说三分话，未可全抛一片心"，便是代表的教训。教育有改善人心的使命；这种机心，有无养成的必要，是一个问题。姑不论这个，要养成这种机心，也非到上海这种地方去不成；普通城市正和乡村一样，是没有什么帮助的。凡以上所说，无非要使大家相信，这里的乡村生活的修养，并不一定不能适应将来城市的生活。况且我们还可以举行旅行，以资调剂呢。况且城市生活的修养，虽自有它的好处；但也有流弊。如诱惑太多，年龄太小或性格未佳的学生，或者转易陷溺——那就不但不能磨练定力，反早早的将定力丧失了！所以城市生活的修养不一定比乡村生活的修养有效。——只有一层，乡村生活足以减少少年人的进取心，这却是真的！

说到我自己，却甚喜欢乡村的生活，更喜欢这里的乡村的生活。我是在狭的笼的城市里生长的人，我要补救这个单调的生活，我现在住在繁嚣的都市里，我要以闲适的境界调和它。我爱春晖的闲适！闲适的生活可说是春晖给我的第三件礼物！

我已说了我的“春晖的一月”；我说的都是我要说的话。或者有人说，赞美多而劝勉少，近乎“戏台里喝彩”！假使这句话是真的，我要切实声明：我的多赞美，必是情不自禁之故，我的少劝勉，或是观察时期太短之故。

1924 年 4 月 12 日夜作

背影

我与父亲不相见已二年余了,我最不能忘记的是他的背影。那年冬天,祖母死了,父亲的差使也交卸了,正是祸不单行的日子,我从北京到徐州,打算跟着父亲奔丧回家。到徐州见着父亲,看见满院狼藉的东西,又想起祖母,不禁簌簌地流下眼泪。父亲说,"事已如此,不必难过,好在天无绝人之路!"

回家变卖典质,父亲还了亏空;又借钱办了丧事。这些日子,家中光景很是惨淡,一半为了丧事,一半为了父亲赋闲。丧事完毕,父亲要到南京谋事,我也要回北京念书,我们便同行。

到南京时,有朋友约去游逛,勾留了一日;第二日上午便须渡江到浦口,下午上车北去。父亲因为事忙,本已说定不送我,叫旅馆里一个熟识的茶房陪我同去。他再三嘱咐茶房,甚是仔细。但他终于不放心,怕茶房不妥帖;颇踌躇了一会。其实我那年已二十岁,北京已来往过两三次,是没有甚么要紧的了。他踌躇了一会,终于决定还是自己送我去。我两三回劝他不必去;

他只说,“不要紧,他们去不好!”

我们过了江,进了车站。我买票,他忙着照看行李。行李太多了,得向脚夫行些小费,才可过去。他便又忙着和他们讲价钱。我那时真是聪明过分,总觉他说话不大漂亮,非自己插嘴不可。但他终于讲定了价钱;就送我上车。他给我拣定了靠车门的一张椅子;我将他给我做的紫毛大衣铺好坐位。他嘱我路上小心,夜里警醒些,不要受凉。又嘱托茶房好好照应我。我心里暗笑他的迂,他们只认得钱,托他们真是白托!而且我这样大年纪的人,难道还不能料理自己么?唉,我现在想想,那时真是太聪明了!

我说道,“爸爸,你走吧。”他望车外看了看,说,“我买几个橘子去。你就在此地,不要走动。”我看那边月台的栅栏外有几个卖东西的等着顾客。走到那边月台,须穿过铁道,须跳下去又爬上去。父亲是一个胖子,走过去自然要费事些。我本来要去的,他不肯,只好让他去。我看见他戴着黑布小帽,穿着黑布大马褂,深青布棉袍,蹒跚地走到铁道边,慢慢探身下去,尚不大难。可是他穿过铁道,要爬上那边月台,就不容易了。他用两手攀着上面,两脚再向上缩;他肥胖的身子向左微倾,显出努力的样子。这时我看见他的背影,我的泪很快地流下来了。我赶紧拭干了泪,怕他看见,也怕别人看见。我再向外看时,他已抱了朱红的橘子望回走了。过铁道时,他先将橘子散放在地上,自己慢慢爬下,再抱起橘子走。到这边时,我赶紧去搀他。他和我走到车上,将橘子一股脑儿放在我的皮大衣上。于是扑扑衣上的泥土,心里很轻松似的,过一会说,“我走了;到那边来信!”我望着他走出去。他走了几步,回过头看见我,说,“进去吧,里边没人。”等他的背影混入来来往往的人里,再找不着了,我便进来坐下,我的眼泪又来了。

近几年来，父亲和我都是东奔西走，家中光景是一日不如一日。他少年出外谋生，独力支持，做了许多大事。那知老境却如此颓唐！他触目伤怀，自然情不能自已。情郁于中，自然要发之于外；家庭琐屑便往往触他之怒。他待我渐渐不同往日。但最近两年的不见，他终于忘却我的不好，只是惦记着我，惦记着我的儿子。我北来后，他写了一信给我，信中说道，“我身体平安，惟膀子疼痛利害，举箸提笔，诸多不便，大约大去之期不远矣。”我读到此处，在晶莹的泪光中，又看见那肥胖的，青布棉袍，黑布马褂的背影。唉！我不知何时再能与他相见！

1925 年 10 月在北京

执政府大屠杀记

三月十八是一个怎样可怕的日子！我们永远不应该忘记这个日子！

这一日，执政府的卫队，大举屠杀北京市民——十分之九是学生！死者四十余人，伤者约二百人！这在北京是第一回大屠杀！

这一次的屠杀，我也在场，幸而直到出场时不曾遭着一颗弹子；请我的远方的朋友们安心！第二天看报，觉得除一两家报纸外，各报记载多有与事实不符之处。究竟是访闻失实，还是安着别的心眼儿，我可不得而知，也不愿细论。我只说我当场眼见和后来耳闻的情形，请大家看看这阴惨惨的二十世纪二十六年三月十八日的中国！——十九日《京报》所载几位当场逃出的人的报告，颇是翔实，可以参看。

我先说游行队。我自天安门出发后，曾将游行队从头至尾看了一回。全数约二千人；工人有两队，至多五十人；广东外交代表团一队，约十余人；国民党北京特别市党部一队，约二三十人；留日归国学生团一队，约二十人，其余便多是北京的学生了，内有女学生三队。拿木棍的并不多，而且都是学生，不过十余人；工人拿木棍的，我不曾见。木棍约三尺长，一端削尖了，上贴书有口号的纸，做成旗帜的样子。至于“有铁钉的木棍”我却不曾见！

我后来和清华学校的队伍同行,在大队的最后。我们到执政府前空场上时,大队已散开在满场了。这时府门前站着约莫两百个卫队,分两边排着;领章一律是红地,上面“府卫”两个黄铜字,确是执政府的卫队。他们都背着枪,悠然的站着:毫无紧张的颜色。而且枪上不曾上刺刀,更不显出什么威武。这时有一个人爬在石狮子头上照相。那边府里正面楼上,栏杆上伏满了人,而且拥挤着,大约是看热闹的。在这一点上,执政府颇像寻常的人家,而不像堂堂的“执政府”了。照相的下了石狮子,南边有了报告的声音:“他们说是一个人没有,我们怎么样?”这大约已是五代表被拒以后了;我们因走进来晚,故未知前事——但在这时以前,群众的嚷声是决没有的。到这时才有一两处的嚷声了:“回去是不行的!”“吉兆胡同!”“……”忽然队势散动了,许多人纷纷往外退走;有人连声大呼:“大家不要走,没有什么事!”一面还扬起了手,我们清华队的指挥也扬起手叫道:“清华的同学不要走,没有事!”这其间,人众稍稍聚拢,但立刻即又散开;清华的指挥第二次叫声刚完,我看见众人纷纷逃避时,一个卫队已装完子弹了!我赶忙向前跑了几步,向一堆人旁边睡下;但没等我睡下,我的上面和后面各来了一个人,紧紧地挨着我。我不能动了,只好蜷曲着。

这时已听到劈劈拍拍的枪声了;我生平是第一次听枪声,起初还以为是空枪呢(这时已忘记了看见装子弹的事)。但一两分钟后,有鲜红的热血从上面滴到我的手背上,马褂上了,我立刻明白屠杀已在进行!这时并不害怕,只静静的注意自己的运命,其余什么都忘记。全场除劈拍的枪声外,也是一片大静默,绝无一些人声;什么“哭声震天”,只是记者先生们的“想当然耳”罢了。我上面流血的那一位,虽滴滴地流着血,直到第一次枪声稍歇,我们爬起来逃走的时候,他也不则一声。这正是死的袭来,沉默便是死的消息。事后想起,实在有些悚然。在我上面的不知是谁?我因为不能动转,不能看见他;而且也想不到看他——我真是个自私的人!后来逃跑的时候,才又知道掉在地下的我的帽子和我的头上,也滴了许多血,全是他的!他足流了两分钟以上的血,都流在我身上,我想他总吃了大亏,愿神保佑他平安!第一次枪声约经过五分钟,共放了好几排枪;司令的是用警笛;警笛一鸣,便是一排枪,警笛一声接着一声,枪声就跟着密了,那警笛声甚凄厉,但有几乎一定的节拍,足见司令者的从容!后来听别的目睹者说,司令者那时还用指挥刀指示方向,总是向人多的地方射击!又有目睹者说,那时执政府楼上还有人手舞足蹈的大乐呢!

我现在缓叙第一次枪声稍歇后的故事,且追述些开枪时的情形。我们进场距开枪时,至多四分钟;这其间有照相有报告,有一两处的嚷声,我都已说过了。我记得,我确实记得,最后的嚷声距开枪只有一分余钟;这时候,群众散而稍聚,稍聚而复纷散,枪声便开始了。这也是我说过的。但“稍聚”的时候,阵势已散,而且大家存了观望的心,颇多趑趄不前的,所谓“进攻”的事是决没有的!至于第一次纷散之故,我想是大家看见卫队从背上取下枪来装子弹而惊骇了;因为第二次纷散时,我已看见一个卫队(其余自然也是如此,他们是依命令动作的)装完子弹了。在第一次纷散之前,群众与卫队有何冲突,我没有看见,不得而知。但后来据一个受伤的说,他看见有一部分人——有些是拿木棍的——想要冲进府去。这事我想来也是有的;不过这决不是卫队开枪的缘由,至多只是他们的借口。他们的荷枪挟弹与不上刺刀(故示镇静)与放群众自由入辕门内(便于射击),都是表示他们“聚而歼旃”的决心，冲进去不冲进去是没有多大关系的。证以后来东门口的拦门射击，更是显明！原来先逃出的人，出东门时，以为总可得着生路；哪知迎头还有一支兵，——据某一种报上说，是从吉兆胡同来的手枪队，不用说，自然也是杀人不眨眼的府卫队了！——开枪痛击。那时前后都有枪弹，人多门狭，前面的枪又极近，死亡枕藉！这是事后一个学生告诉我的；他说他前后两个人都死了，他躲闪了一下，总算幸免。这种间不容发的生死之际也够人深长思了。

照这种种情形，就是不在场的诸君，大约也不至于相信群众先以手枪轰击卫队了吧。而且轰击必有声音，我站的地方，离开卫队不过二十余步，在第二次纷散之前，却绝未听到枪声。其实这只要看政府巧电的含糊其辞，也就够证明了。至于所谓当场夺获的手枪，虽然像煞有介事地举出号数，使人相信，但我总奇怪；夺获的这些支手枪，竟没有一支曾经当场发过一响，以证明他们自己的存在。——难道拿手枪的人都是些傻子么？还有，现在很有人从容的问：“开枪之前，有警告么？”我现在只能说，我看见的一个卫队，他的枪口是正对着我们的，不过那是刚装完子弹的时候。而在我上面的那位可怜的朋友，他流血是在开枪之后约一两分钟时。我不知卫队的第一排枪是不是朝天放的，但即使是朝大放的，也不算是警告；因为未开枪时，群众已经纷散，放一排朝天枪（假定如此）后，第一次听枪声的群众，当然是不会回来的了（这不是一个人胆力的事，我们也无须假充硬汉），何用接二连三地放平枪呢！即使怕一排枪不够驱散众人，尽放朝天枪好了，何用放平枪呢！所以即使卫队曾放了一排朝天枪，也决不足做他们丝毫的辩解；况且还有后来的拦门痛击呢，这难道还要问：“有无超过必要程度？”

第一次枪声稍歇后，我茫然地随着众人奔逃出去。我刚发脚的时候，便看见旁边有两个同伴已经躺下了！我来不及看清他们的面貌，只见前面一个，右乳部有一大块殷红的伤痕，我想他是不能活了！那红色我永远不忘记！同时还听见一声低缓的呻吟，想是另一位的，那呻吟我也永远不忘记！我不忍从他们身上跨过去，只得绕了道弯着腰向前跑，觉得通身懈弛得很；后面来了一个人，立刻将我撞了一跤。我爬了两步，站起来仍是弯着腰跑。这时当路有一副金丝圆眼镜，好好地直放着；又有两架自行车，颇挡我们的路，大家都很艰难地从上面踏过去。我不自主地跟着众人向北躲入马号里。我们偃卧在东墙角的马粪堆上。马粪堆很高，有人想爬墙过去。墙外就是通路。我看着一个人站着，一个人正向他肩上爬上去；我自己觉得决没有越墙的气力，便也不去看他们。而且里面枪声早又密了，我还得注意运命的转变。这时听见墙边有人问："是学生不是？"下文不知如何，我猜是墙外的兵问的。那两个爬墙的人，我看见，似乎不是学生，我想他们或者得了兵的允许而下去了。若我猜的不大错，从这一句简单的问语里，我们可以看出卫队乃至政府对于学生海样深的仇恨！而且可以看出，这一次的屠杀确是有意这样"整顿学风"的；我后来知道，这时有几个清华学生和我同在马粪堆上。有一个告诉我，他旁边有一位女学生曾喊他救命，但是他没有法子，这真是可遗憾的事，她以后不知如何了！我们偃卧马粪堆上，不过两分钟，忽然看见对面马厩里有一个兵拿着枪，正装好子弹，似乎就要向我们放。我们立刻起来，仍弯着腰逃走；这时场里还有疏散的枪声，我们也顾不得了。走出马路，就到了东门口。

这时枪声未歇，东门口拥塞得几乎水泄不通。我隐约看见底下蜷缩地蹲着许多人，我们便推推搡搡，拥挤着，挣扎着，从他们身上踏上去。那时理性真失了作用，竟恬然不以为怪似的。我被挤得往后仰了几回，终于只好竭全身之力，向前而进。在我前面的一个人，脑后大约被枪弹擦伤，汩汩地流着血；他也同样地一歪一倒地挣扎着。但他一会儿便不见了，我想他是平安的下去了。我还在人堆上走。这个门是平安与危险的界线，是生死之门，故大家都不敢放松一步。这时希望充满在我心里。后面稀疏的弹子，倒觉不十分在意。前一次的奔逃，但求不即死而已，这回却求生了；在人堆上的众人，都积极地显出生之努力。但仍是一味的静；大家在这千钧一发的关头，哪有闲心情和闲工夫来说话呢？我努力的结果，终于从人堆上滚了下来，我的运命这才算定了局。那时门口只剩两个卫队，在那儿闲谈，侥幸得很，手枪队已不见了！后来知道门口人堆里实在有些是死尸，就是被手枪队当门打死的！现在想着死尸上越过的事，真是不寒而栗呵！

我真不中用，出了门口，一面走，一面只是喘息！后面有两个女学生，有一个我真佩服她；她还能微笑着对她的同伴说："他们也是中国人哪！"这令我惭愧了！我想人处这种境地，若能从怕的心情转为兴奋的心情，才真是能救人的人。若只一味的怕，"斯亦不足畏也已！"我呢，这回是由怕而归于木木然，实是很可耻的！但我希望我的经验能使我的胆力逐渐增大！这回在场中有两件事很值得纪念：一是清华同学韦杰三君（他现在已离开我们了！）受伤倒地的时候，别的两位同学冒死将他抬了出来；一是一位女学生曾经帮助两个男学生脱险。这都是我后来知道的。这都是侠义的行为，值得我们永远敬佩的！

我和那两个女学生出门沿着墙往南而行。那时还有枪声，我极想躲入胡同里,以免危险;她们大约也如此的,走不上几步,便到了一个胡同口;我们便想拐弯进去。这时墙角上立着一个穿短衣的看闲的人,他向我们轻轻地说:“别进这个胡同!”我们莫名其妙地依从了他,走到第二个胡同进去;这才真脱险了!后来知道卫队有抢劫的事(不仅报载,有人亲见),又有用枪柄,木棍,大刀,打人,砍人的事,我想他们一定就在我们没走进的那条胡同里做那些事!感谢那位看闲的人!卫队既在场内和门外放枪,还觉杀的不痛快,更拦着路邀击;其泄忿之道,真是无所不用其极了!区区一条生命,在他们眼里,正和一根草,一堆马粪一般,是满不在乎的!所以有些人虽幸免于枪弹,仍是被木棍,枪柄打伤,大刀砍伤;而魏士毅女士竟死于木棍之下,这真是永久的战栗啊!据燕大的人说,魏女士是于逃出门时被一个卫兵从后面用有楞的粗大棍儿兜头一下,打得脑浆迸裂而死!我不知她出的是哪一个门,我想大约是西门吧。因为那天我在西直门的电车上,遇见一个高工的学生,他告诉我,他从西门出来,共经过三道门(就是海军部的西辕门和陆军部的东西辕门),每道门皆有卫队用枪柄,木棍和大刀向逃出的人猛烈地打击。他的左臂被打好几次,已不能动弹了。我的一位同事的儿子,后脑被打平了,现在已全然失了记忆;我猜也是木棍打的。受这种打击而致重伤或死的,报纸上自然有记载;致轻伤的就无可稽考,但必不少。所以我想这次受伤的还不止二百人!卫队不但打人,行劫,最可怕的是剥死人的衣服,无论男女,往往剥到只剩一条裤为止;这只要看看前几天《世界日报》的照相就知道了。就是不谈什么“人道”,难道连国家的体统,“临时执政”的面子都不顾了么;段祺瑞你自己想想吧!听说事后执政府乘人不知,已将死尸掩埋了些,以图遮掩耳目。这是我的一个朋友从执政府里听来的;若是的确,那一定将那打得最血肉模糊的先掩埋了。免得激动人心。但一手岂能尽掩天下耳目呢?我不知道现在,那天去执政府的人还有失踪的没有?若有,这个消息真是很可怕的!

这回的屠杀,死伤之多,过于五卅事件,而且是"同胞的枪弹",我们将何以间执别人之口!而且在首都的堂堂执政府之前,光天化日之下,屠杀之不足,继之以抢劫,剥尸,这种种兽行,段祺瑞等固可行之而不恤,但我们国民有些无脸的政府,又何以自容于世界!——这正是世界的耻辱呀!我们也想想吧!此事发生后,警察总监李鸣钟匆匆来到执政府,说:"死了这么多人,叫我怎么办?"他这是局外的说话,只觉得无善法以调停两间而已。我们现在局中,不能如他的从容,我们也得问一问:

"死了这么多人,我们该怎么办?"

屠杀后五日写完

1926 年 3 月 23 日

一封信

在北京住了两年多了，一切平平常常地过去。要说福气，这也是福气了。因为平平常常，正像“糊涂”一样“难得”，特别是在“这年头”。但不知怎的，总不时想着在那儿过了五六年转徙无常的生活的南方。转徙无常，诚然算不得好日子；但要说到人生味，怕倒比平平常常时候容易深切地感着。现在终日看见一样的脸板板的天，灰蓬蓬的地；大柳高槐，只是大柳高槐而已。于是木木然，心上什么也没有；有的只是自己，自己的家。我想着我的渺小，有些战栗起来；清福究竟也不容易享的。

这几天似乎有些异样。像一叶扁舟在无边的大海上，像一个猎人在无尽的森林里。走路，说话，都要费很大的力气；还不能如意。心里是一团乱麻，也可说是一团火。似乎在挣扎着，要明白些什么，但似乎什么也没有明白。“一部《十七史》，从何处说起”，正可借来作近日的我的注脚。昨天忽然有人提起《我的南方》的诗。这是两年前初到北京，在一个村店里，喝了两杯“莲花白”以后，信笔涂出来的。于今想起那情景，似乎有些渺茫；至于诗中所说的，那更是遥遥乎远哉了，但是事情是这样凑巧：今天吃了午饭，偶然抽一本旧杂志来消遣，却翻着了三年前给S的一封信。信里说着台州，在上海，杭州，宁波之南的台州。这真是“我的南方”了。我正苦于想不出，这却指引我一条路，虽然只是“一条”路而已。

我不忘记台州的山水，台州的紫藤花，台州的春日，我也不能忘记S。他从前欢喜喝酒，欢喜骂人；但他是个有天真的人。他待朋友真不错。L从湖南到宁波去找他，不名一文；他陪他喝了半年酒才分手。他去年结了婚。为结婚的事烦恼了几个整年的他，这算是叶落归根了；但他也与我一样，已快上那“中年”的线了吧。结婚后我们见过一次，匆匆的一次。我想，他也和一切人一样，结了婚终于是结了婚的样子了吧。但我老只是记着他那喝醉了酒，很妩媚的骂人的意态；这在他或已懊悔着了。

南方这一年的变动，是人的意想所赶不上的。我起初还知道他的踪迹；这半年是什么也不知道了。他到底是怎样地过着这狂风似的日子呢？我所沉吟的正在此。我说过大海，他正是大海上的一个小浪；我说过森林，他正是森林里的一只小鸟。恕我，恕我，我向那里去找你？

这封信曾印在台州师范学校的《绿丝》上。我现在重印在这里；这是我眼前一个很好的自慰的法子。

S兄：

…………

我对于台州，永远不能忘记！我第一日到六师校时，系由埠头坐了轿子去的。轿子走的都是僻路；使我诧异，为什么堂堂一个府城，竟会这样冷静！那时正是春天，而因天气的薄阴和道路的幽寂，使我宛然如入了秋之国土。约莫到了卖冲桥边，我看见那清绿的北固山，下面点缀着几带朴实的洋房子，心胸顿然开朗，仿佛微微的风拂过我的面孔似的。到了校里，登楼一望，见远山之上，都幂着白云。四面全无人声，也无人影；天上的鸟也无一只。只背后山上谡谡的松风略略可听而已。那时我真脱却人间烟火气而飘飘欲仙了！后来我虽然发见了那座楼实在太坏了：柱子如鸡骨，地板如鸡皮！但自然的宽大使我忘记了那房屋的狭窄。我于是曾好几次爬到北固山的顶上，去领略那飕飕的高风，看那低低的，小小的，绿绿的田亩。这是我最高兴的。

来信说起紫藤花，我真爱那紫藤花！在那样朴陋——现在大概不那样朴陋了吧——的房子里，庭院中，竟有那样雄伟，那样繁华的紫藤花，真令我十二分惊诧！她的雄伟与繁华遮住了那朴陋，使人一对照，反觉朴陋倒是不可少似的，使人幻想"美好的昔日"！我也曾几度在花下徘徊：那时学生都上课去了，只剩我一人。暖和的晴日，鲜艳的花色，嗡嗡的蜜蜂，酝酿着一庭的春意。我自己如浮在茫茫的春之海里，不知怎么是好！那花真好看：苍老虬劲的枝干，这么粗这么粗的枝干，宛转腾挪而上；谁知她的纤指会那样嫩，那样艳丽呢？那花真好看：一缕缕垂垂的细丝，将她们悬在那皴裂的臂上，临风婀娜，真像嘻嘻哈哈的小姑娘，真像凝妆的少妇，像两颊又像双臂，像胭脂又像粉……我在他们下课的时候，又曾几度在楼头眺望：那丰姿更是撩人：云哟，霞哟，仙女哟！我离开台州以后，永远没见过那样好的紫藤花，我真惦记她，我真妒羡你们！

此外，南山殿望江楼上看浮桥（现在早已没有了），看憧憧的人在长长的桥上往来着；东湖水阁上，九折桥上看柳色和水光，看钓鱼的人；府后山沿路看田野，看天；南门外看梨花——再回到北固山，冬天在医院前看山上的雪;都是我喜欢的。说来可笑,我还记得我从前住过的旧仓头杨姓的房子里的一张画桌;那是一张红漆的,一丈光景长而狭的画桌,我放它在我楼上的窗前,在上面读书,和人谈话,过了我半年的生活。现在想已搁起来无人用了吧? 唉!

台州一般的人真是和自然一样朴实;我一年里只见过三个上海装束的流氓! 学生中我颇有记得的。前些时有位P君写信给我,我虽未有工夫作复,但心中很感谢! 乘此机会请你为我转告一句。

我写的已多了;这些胡乱的话,不知可附载在《绿丝》的末尾,使它和我的旧友见见面么?

弟 自清

1927年9月27日

阿河

我这一回寒假，因为养病，住到一家亲戚的别墅里去。那别墅是在乡下。前面偏左的地方，是一片淡蓝的湖水，对岸环拥着不尽的青山。山的影子倒映在水里，越显得清清朗朗的。水面常如镜子一般。风起时，微有皱痕；像少女们皱她们的眉头，过一会子就好了。湖的余势束成一条小港，缓缓地不声不响地流过别墅的门前。门前有一条小石桥，桥那边尽是田亩。这边沿岸一带，相间地栽着桃树和柳树，春来当有一番热闹的梦。别墅外面缭绕着短短的竹篱，篱外是小小的路。里边一座向南的楼，背后便倚着山。西边是三间平屋，我便住在这里。院子里有两块草地，上面随便放着两三块石头。另外的隙地上，或罗列着盆栽，或种莳着花草。篱边还有几株枝干蟠曲的大树，有一株几乎要伸到水里去了。

我的亲戚韦君只有夫妇二人和一个女儿。她在外边念书，这时也刚回到家里。她邀来三位同学，同到她家过这个寒假；两位是亲戚，一位是朋友。她们住着楼上的两间屋子。韦君夫妇也住在楼上。楼下正中是客厅，常是闲着，西间是吃饭的地方；东间便是韦君的书房，我们谈天，喝茶，看报，都在这里。我吃了饭，便是一个人，也要到这里来闲坐一回。我来的第二天，韦小姐告诉我,她母亲要给她们找一个好好的女用人;长工阿齐说有一个表妹,母亲叫他明天就带来做做看呢。她似乎很高兴的样子,我只是不经意地答应。

平屋与楼屋之间,是一个小小的厨房。我住的是东面的屋子,从窗子里可以看见厨房里人的来往。这一天午饭前,我偶然向外看看,见一个面生的女用人,两手提着两把白铁壶,正往厨房里走;韦家的李妈在她前面领着,不知在和她说甚么话。她的头发乱蓬蓬的,像冬天的枯草一样。身上穿着镶边的黑布棉袄和夹裤,黑里已泛出黄色;棉袄长与膝齐,夹裤也直拖到脚背上。脚倒是双天足,穿着尖头的黑布鞋,后跟还带着两片同色的"叶拔儿"。想这就是阿齐带来的女用人了;想完了就坐下看书。晚饭后,韦小姐告诉我,女用人来了,她的名字叫"阿河"。我说,"名字很好,只是人土些;还能做么?"她说,"别看她土,很聪明呢。"我说,"哦。"便接着看手中的报了。

以后每天早上,中上,晚上,我常常看见阿河挈着水壶来往;她的眼似乎总是望前看的。两个礼拜匆匆地过去了。韦小姐忽然和我说,你别看阿河土,她的志气很好,她是个可怜的人。我和娘说,把我前年在家穿的那身棉袄裤给了她吧。我嫌那两件衣服太花,给了她正好。娘先不肯,说她来了没有几天;后来也肯了。今天拿出来让她穿,正合式呢。我们教给她打绒绳鞋,她真聪明,一学就会了。她说拿到工钱,也要打一双穿呢。我等几天再和娘说去。

"她这样爱好!怪不得头发光得多了,原来都是你们教她的。好!你们尽教她讲究,她将来怕不愿回家去呢。"大家都笑了。

旧新年是过去了。因为江浙的兵事,我们的学校一时还不能开学。我们大家都乐得在别墅里多住些日子。这时阿河如换了一个人。她穿着宝蓝色挑着小花儿的布棉袄裤;脚下是嫩蓝色毛绳鞋,鞋口还缀着两个半蓝半白的小绒球儿。我想这一定是她的小姐们给帮忙的。古语说得好,“人要衣裳马要鞍”,阿河这一打扮,真有些楚楚可怜了。她的头发早已是刷得光光的,覆额的刘海儿也梳得十分伏贴。一张小小的圆脸,如正开的桃李花;脸上并没有笑,却隐隐地含着春日的光辉,像花房里充了蜜一般。这在我几乎是一个奇迹;我现在是常站在窗前看她了。我觉得在深山里发见了一粒猫儿眼;这样精纯的猫儿眼,是我生平所仅见!我觉得我们相识已太长久,极愿和她说一句话——极平淡的话,一句也好。但我怎好平白地和她攀谈呢?这样郁郁了一礼拜。

这是元宵节的前一晚上。我吃了饭,在屋里坐了一会,觉得有些无聊,便信步走到那书房里。拿起报来,想再细看一回。忽然门钮一响,阿河进来了。她手里拿着三四支颜色铅笔;出乎意料地走近了我。她站在我面前了,静静地微笑着说:“白先生,你知道铅笔刨在那里?”一面将拿着的铅笔给我看。我不自主地立起来,匆忙地应道,“在这里。”我用手指着南边柱子。但我立刻觉得这是不够的。我领她走近了柱子。这时我像闪电似地踌躇了一下,便说,“我……我……”她一声不响地已将一支铅笔交给我。我放进刨子里刨给她看。刨了两下,便想交给她;但终于刨完了一支。交还了她。她接了笔略看一看,仍仰着脸向我。我窘极了。刹那间念头转了好几个圈子;到底硬着头皮搭讪着说,“就这样刨好了。”我赶紧向门外一瞥,就走回原处看报去。但我的头刚低下,我的眼已抬起来了。于是远远地从容地问道,“你会么?”她不曾掉过头来,只“嘤”了一声,也不说话。我看了她背影一会。觉得应该低下头了。等我再抬起头来时,她已默默地向外走了。她似乎总是望前看的;我想再问她一句话,但终于不曾出口。我撇下了报,站起来走了一会,便回到自己屋里。我一直想着些什么,但什么也没有想出。

第二天早上看见她往厨房里走时,我发愿我的眼将老跟着她的影子!她的影子真好。她那几步路走得又敏捷,又匀称,又苗条,正如一只可爱的小猫。她两手各提着一只水壶,又令我想到在一条细细的索儿上抖擞精神走着的女子。这全由于她的腰;她的腰真太软了,用白水的话说,真是软到使我如吃苏州的牛皮糖一样。不止她的腰,我的日记里说得好:"她有一套和云霞比美,水月争灵的曲线,织成大大的一张迷惑的网!"而那两颊的曲线,尤其甜蜜可人。她两颊是白中透着微红,润泽如玉。她的皮肤,嫩得可以掐出水来;我的日记里说,"我很想去掐她一下呀!"她的眼像一双小燕子,老是在潋滟的春水上打着圈儿。她的笑最使我记住,像一朵花漂浮在我的脑海里。我不是说过,她的小圆脸像正开的桃花么?那么,她微笑的时候,便是盛开的时候了:花房里充满了蜜,真如要流出来的样子。她的发不甚厚,但黑而有光,柔软而滑,如纯丝一般。只可惜我不曾闻着一些儿香。唉!从前我在窗前看她好多次,所得的真太少了;若不是昨晚一见,——虽只几分钟——我真太对不起这样一个人儿了。

午饭后,韦君照例地睡午觉去了,只有我,韦小姐和其他三位小姐在书房里。我有意无意地谈起阿河的事。我说,

"你们怎知道她的志气好呢?"

"那天我们教给她打绒绳鞋;"一位蔡小姐便答道,"看她很聪明,就问她为甚么不念书?她被我们一问,就伤心起来了。……"

“是的，”韦小姐笑着抢了说，“后来还哭了呢；还有一位傻子陪她淌眼泪呢。”

那边黄小姐可急了，走过来推了她一下。蔡小姐忙拦住道，“人家说正经话，你们尽闹着玩儿！让我说完了呀——”

“我代你说啵，”韦小姐仍抢着说，“——她说她只有一个爹，没有娘。嫁了一个男人，倒有三十多岁，土头土脑的，脸上满是疤！他是李妈的邻舍，我还看见过呢。……”

“好了，底下我说吧。”蔡小姐接着道，“她男人又不要好，尽爱赌钱；她一气，就住到娘家来，有一年多不回去了。”

“她今年几岁？”我问。

“十七不知十八？前年出嫁的，几个月就回家了。”蔡小姐说。

“不，十八，我知道。”韦小姐改正道。

“哦。你们可曾劝她离婚？”

“怎么不劝；”韦小姐应道，“她说十八回去吃她表哥的喜酒，要和她的爹去说呢。”

“你们教她的好事，该当何罪！”我笑了。

她们也都笑了。

十九的早上，我正在屋里看书，听见外面有嚷嚷的声音；这是从来没有的。我立刻走出来看；只见门外有两个乡下人要走进来，却给阿齐拦住。他们只是央告，阿齐只是不肯。这时韦君已走出院中，向他们道：

“你们回去吧。人在我这里，不要紧的。快回去，不要瞎吵！”

两个人面面相觑，说不出一句话；俄延了一会，只好走了。我问韦君什么事？他说：

“阿河罗！还不是瞎吵一回子。”

我想他于男女的事向来是懒得说的，还是回头问他小姐的好；我们便谈到别的事情上去。

吃了饭，我赶紧问韦小姐，她说：

“她是告诉娘的，你问娘去。”

我想这件事有些尴尬，便到西间里问韦太太；她正看着李妈收拾碗碟呢。她见我问，便笑着说：

“你要问这些事做什么？她昨天回去，原是借了阿桂的衣裳穿了去的，打扮得娇滴滴的，也难怪，被她男人看见了，便约了些不相干的人，将她抢回去过了一夜。今天早上，她骗她男人，说要到此地来拿行李。她男人就会信她，派了两个人跟着。哪知她到了这里，便叫阿齐拦着那跟来的人；她自己便跪在我面前哭诉，说死也不愿回她男人家去。你说我有什么法子。只好让那跟来的人先回去再说。好在没有几天，她们要上学了，我将来交给她的爹吧。唉，现在的人，心眼儿真是越过越大了；一个乡下女人，也会闹出这样惊天动地的事了！”

“可不是，”李妈在旁插嘴道，“太太你不知道；我家三叔前儿来，我还听他说呢。我本不该说的，阿弥陀佛！太太，你想她不愿意回婆家，老愿意住在娘家，是什么道理？家里只有一个单身的老子；你想那该死的老畜生！他舍不得放她回去呀！”

“低些，真的么？”韦太太惊诧地问。

“他们说得千真万确的。我早就想告诉太太了，总有些疑心；今天看她的样子，真有几分对呢。太太，你想现在还成什么世界！”

“这该不至于吧。”我淡淡地插了一句。

“少爷，你哪里知道！”韦太太叹了一口气，“——好在没有几天了，让她快些走吧；别将我们的运气带坏了。她的事，我们以后也别谈吧。”

开学的通告来了，我定在二十八走。二十六的晚上，阿河忽然不到厨房里挈水了。韦小姐跑来低低地告诉我，“娘叫阿齐将阿河送回去了；我在楼上，都不知道呢。”我应了一声，一句话也没有说。正如每日有三顿饱饭吃的人，忽然绝了粮；却又不能告诉一个人！而且我觉得她的前面是黑洞洞的，此去不定有什么好歹！那一夜我是没有好好地睡，只翻来覆去地做梦，醒来却又一例茫然。这样昏昏沉沉地到了二十八早上，懒懒地向韦君夫妇和韦小姐告别而行，韦君夫妇坚约春假再来住，我只得含糊答应着。出门时，我很想回望厨房几眼；但许多人都站在门口送我，我怎好回头呢？

到校一打听，老友陆已来了。我不及料理行李，便找着他，将阿河的事一五一十告诉他。他本是个好事的人；听我说时，时而皱眉，时而叹气，时而擦掌。听到她只十八岁时，他突然将舌头一伸，跳起来道：

“可惜我早有了我那太太！要不然，我准得想法子娶她！”

“你娶她就好了；现在不知鹿死谁手呢？”

我俩默默相对了一会，陆忽然拍着桌子道：

“有了，老汪不是去年失了恋么？他现在还没有主儿，何不给他俩撮合一下。”

我正要答说，他已出去了。过了一会子，他和汪来了；进门就嚷着说：

“我和他说，他不信；要问你呢！”

“事是有的,人呢,也真不错。只是人家的事,我们凭什么去管!”我说。

“想法子呀!”陆嚷着。

“什么法子?你说!”

“好,你们尽和我开玩笑,我才不理会你们呢!”汪笑了。

我们几乎每天都要谈到阿河,但谁也不曾认真去“想法子”。

一转眼已到了春假。我再到韦君别墅的时候,水是绿绿的,桃腮柳眼,着意引人。我却只惦着阿河,不知她怎么样了。那时韦小姐已回来两天。我背地里问她,她说:

“奇得很!阿齐告诉我,说她二月间来求娘来了。她说她男人已死了心,不想她回去;只不肯白白地放掉她。他教她的爹拿出八十块钱来,人就是她的爹的了;他自己也好另娶一房人。可是阿河说她的爹哪有这些钱?她求娘可怜可怜她!娘的脾气你知道。她是个古板的人;她数说了阿河一顿,一个钱也不给!我现在和阿齐说,让他上镇去时,带个信儿给她,我可以给她五块钱。我想你也可以帮她些,我教阿齐一块儿告诉她吧。只可惜她未必肯再上我们这儿来罗!”

“我拿十块钱吧,你告诉阿齐就是。”

我看阿齐空闲了,便又去问阿河的事。他说:

“她的爹正给她东找西找地找主儿呢。只怕难吧,八十块大洋呢!”

我忽然觉得不自在起来,不愿再问下去。

过了两天,阿齐从镇上回来,说:

“今天见着阿河了。娘的,齐整起来了。穿起了裙子,做老板娘娘了!据说是自己拣中的;这种年头!”

我立刻觉得,这一来全完了!只怔怔地看着阿齐,似乎想在他脸上找出阿河的影子。咳,我说什么好呢?愿命运之神长远庇护着她吧!

第二天我便托故离开了那别墅;我不愿再见那湖光山色,更不愿再见那间小小的厨房!

1926 年 1 月

儿女

我现在已是五个儿女的父亲了。想起圣陶喜欢用的“蜗牛背了壳”的比喻，便觉得不自在。新近一位亲戚嘲笑我说，“要剥层皮呢!”更有些悚然了。十年前刚结婚的时候，在胡适之先生的《藏晖室札记》里，见过一条，说世界上有许多伟大的人物是不结婚的；文中并引培根的话，“有妻子者，其命定矣。”当时确吃了一惊，仿佛梦醒一般；但是家里已是不由分说给娶了媳妇，又有甚么可说？现在是一个媳妇，跟着来了五个孩子；两个肩头上，加上这么重一副担子，真不知怎样走才好。“命定”是不用说了；从孩子们那一面说，他们该怎样长大，也正是可以忧虑的事。我是个彻头彻尾自私的人，做丈夫已是勉强，做父亲更是不成。自然，“子孙崇拜”，“儿童本位”的哲理或伦理，我也有些知道；既做着父亲，闭了眼抹杀孩子们的权利，知道是不行的。可惜这只是理论，实际上我是仍旧按照古老的传统，在野蛮地对付着，和普通的父亲一样。近来差不多是中年的人了，才渐渐觉得自己的残酷；想着孩子们受过的体罚和叱责，始终不能辩解——像抚摩着旧创痕那样，我的心酸溜溜的。有一回，读了有岛武郎《与幼小者》的译文，对了那种伟大的，沉挚的态度，我竟流下泪来了。去年父亲来信，问起阿九，那时阿九还在白马湖呢;信上说,“我没有耽误你,你也不要耽误他才好。”我为这句话哭了一场;我为什么不像父亲的仁慈?我不该忘记,父亲怎样待我们来着!人性许真是二元的,我是这样地矛盾;我的心像钟摆似的来去。

你读过鲁迅先生的《幸福的家庭》么?我的便是那一类的“幸福的家庭”!每天午饭和晚饭,就如两次潮水一般。先是孩子们你来他去地在厨房与饭间里查看,一面催我或妻发“开饭”的命令。急促繁碎的脚步,夹着笑和嚷,一阵阵袭来,直到命令发出为止。他们一递一个地跑着喊着,将命令传给厨房里佣人;便立刻抢着回来搬凳子。于是这个说,“我坐这儿!”那个说,“大哥不让我!”大哥却说,“小妹打我!”我给他们调解,说好话。但是他们有时候很固执,我有时候也不耐烦,这便用着叱责了;叱责还不行,不由自主地,我的沉重的手掌便到他们身上了。于是哭的哭,坐的坐,局面才算定了。接着可又你要大碗,他要小碗,你说红筷子好,他说黑筷子好;这个要干饭,那个要稀饭,要茶要汤,要鱼要肉,要豆腐,要萝卜;你说他菜多,他说你菜好。妻是照例安慰着他们,但这显然是太迂缓了。我是个暴躁的人,怎么等得及?不用说,用老法子将他们立刻征服了;虽然有哭的,不久也就抹着泪捧起碗了。吃完了,纷纷爬下凳子,桌上是饭粒呀,汤汁呀,骨头呀,渣滓呀,加上纵横的筷子,欹斜的匙子,就如一块花花绿绿的地图模型。吃饭而外,他们的大事便是游戏,游戏时,大的有大主意,小的有小主意,各自坚持不下,于是争执起来;或者大的欺负了小的,或者小的竟欺负了大的,被欺负的哭着嚷着,到我或妻的面前诉苦;我大抵仍旧要用老法子来判断的,但不理的时候也有。最为难的,是争夺玩具的时候:这一个的与那一个的是同样的东西,却偏要那一个的;而那一个便偏不答应。在这种情形之下,不论如何，终于是非哭了不可的。这些事件自然不至于天天全有，但大致总有好些起。我若坐在家里看书或写什么东西，管保一点钟里要分几回心，或站起来一两次的。若是雨天或礼拜日，孩子们在家的多，那么，摊开书竟看不下一行，提起笔也写不出一个字的事，也有过的。我常和妻说，“我们家真是成日的千军万马呀！”有时是不但“成日”，连夜里也有兵马在进行着，在有吃乳或生病的孩子的时候！

我结婚那一年，才十九岁。二十一岁，有了阿九；二十三岁，又有了阿菜。那时我正像一匹野马，那能容忍这些累赘的鞍鞯，辔头，和缰绳？摆脱也知是不行的，但不自觉地时时在摆脱着。现在回想起来，那些日子，真苦了这两个孩子；真是难以宽宥的种种暴行呢！阿九才两岁半的样子，我们住在杭州的学校里。不知怎地，这孩子特别爱哭，又特别怕生人。
亲，或来了客，就哇哇地哭起来了。学校里住着许多人，
们，而客人也总是常有的；我懊恼极了，有一回，特地骗
按在地下打了一顿。这件事，妻到现在说起来，还觉得有
手太辣了，到底还是两岁半的孩子！我近年常想着那时的光
阿菜在台州，那是更小了；才过了周岁，还不大会走路。也是为缠着母亲的缘故吧，我将她紧紧地按在墙角里，直哭喊了三四分钟；因此生了好几天病。妻说，那时真寒心呢！但我的苦痛也是真的。我曾给圣陶写信，说孩子们的折磨，实在无法奈何；有时竟觉着还是自杀的好。这虽是气愤的话，但这样的心情，确也有过的。后来孩子是多起来了，磨折也磨折得久了，少年的锋棱渐渐地钝起来了；加以增长的年岁增长了理性的裁制力，我能够忍耐了——觉得从前真是一个“不成材的父亲”，如我给另一个朋友信里所说。

但我的孩子们在幼小时，确比别人的特别不安静，我至今还觉如此。我想这大约还是由于我们抚育不得法；从前只一味地责备孩子，让他们代我们负起责任，却未免是可耻的残酷了！

正面意义的“幸福”，其实也未尝没有。正如谁所说，小的总是可爱，孩子们的小模样，小心眼儿，确有些教人舍不得的。阿毛现在五个月了，你用手指去拨弄她的下巴，或向她做趣脸，她便会张开没牙的嘴格格地笑，笑得像一朵正开的花。她不愿在屋里待着；待久了，便大声儿嚷。妻常说，“姑娘又要出去溜达了。”她说她像鸟儿般，每天总得到外面溜一些时候。闰儿上个月刚过了三岁，笨得很，话还没有学好呢。他只能说三四个字的短语或句子，文法错误，发音模糊，又得费气力说出；我们老是要笑他的。他说“好”字，总变成“小”字；问他“好不好？”他便说“小”，或“不小”。我们常常逗着他说这个字玩儿；他似乎有些觉得，近来偶然也能说出正确的“好”字了——特别在我们故意说成“小”字的时候。他有一只搪瓷碗，是一毛来钱买的；买来时，老妈子教给他，“这是一毛钱。”他便记住“一毛”两个字，管那只碗叫“一毛”，有时竟省称为“毛”。这在新来的老妈子，是必需翻译了才懂的。他不好意思，或见着生客时，便咧着嘴痴笑；我们常用了土话，叫他做“呆瓜”。他是个小胖子，短短的腿，走起路来，蹒跚可笑；若快走或跑，便更“好看”了。他有时学我，将两手叠在背后，一摇一摆的；那是他自己和我们都要乐的。他的大姊便是阿菜，已是七岁多了，在小学校里念着书。在饭桌上，一定得啰啰唆唆地报告些同学或他们父母的事情；气喘喘地说着，不管你爱听不爱听。说完了总问我：“爸爸认识么？”“爸爸知道么？”妻常禁止她吃饭时说话，所以她总是问我。她的问题真多：看电影便问电影里的是不是人？是不是真人？怎么不说话？看照相也是一样。不知谁告诉她，兵是要打人的。她回来便问，兵是人么？为什么打人？近来大约听了先生的话，回来又问张作霖的兵是帮谁的？蒋介石的兵是不是帮我们的？诸如此类的问题，每天短不了，常常闹得我不知怎样答才行。她和闰儿在一处玩儿，一大一小，不很合式，老是吵着哭着。但合式的时候也有：譬如这个往床底下躲，那个便钻进去追着；这个钻出来，那个也跟着——从这个床到那个床，只听见笑着，嚷着，喘着，真如妻所说，像小狗似的。现在在京的，便只有这三个孩子；阿九和转儿是去年北来时，让母亲暂时带回扬州去了。

阿九是欢喜书的孩子。他爱看《水浒》，《西游记》，《三侠五义》，《小朋友》等；没有事便捧着书坐着或躺着看。只不欢喜《红楼梦》，说是没有味儿。是的，《红楼梦》的味儿，一个十岁的孩子，哪里能领略呢？去年我们事实上只能带两个孩子来；因为他大些，而转儿是一直跟着祖母的，便在上海将他俩丢下。我清清楚楚记得那分别的一个早上。我领着阿九从二洋泾桥的旅馆出来，送他到母亲和转儿住着的亲戚家去。妻嘱咐说，“买点吃的给他们吧。”我们走过四马路，到一家茶食铺里。阿九说要熏鱼，我给买了；又买了饼干，是给转儿的。便乘电车到海宁路。下车时，看着他的害怕与累赘，很觉恻然。到亲戚家，因为就要回旅馆收拾上船，只说了一两句话便出来；转儿望望我，没说什么，阿九是和祖母说什么去了。我回头看了他们一眼，硬着头皮走了。后来妻告诉我，阿九背地里向她说：“我知道爸爸欢喜小妹，不带我上北京去。”其实这是冤枉的。他又曾和我们说，“暑假时一定来接我啊！”我们当时答应着；但现在已是第二个暑假了，他们还在迢迢的扬州待着。他们是恨着我们呢？还是惦着我们呢？妻是一年来老放不下这两个，常常独自暗中流泪；但我有什么法子呢！想到“只为家贫成聚散”一句无名的诗，不禁有些凄然。转儿与我较生疏些。但去年离开白马湖时，她也曾用了生硬的扬州话（那时她还没有到过扬州呢），和那特别尖的小嗓子向着我：“我要到北京去。”她晓得什么北京，只跟着大孩子们说罢了；但当时听着，现在想着的我，却真是抱歉呢。这兄妹俩离开我，原是常事，离开母亲，虽也有过一回，这回可是太长了；小小的心儿，知道是怎样忍耐那寂寞来着！

我的朋友大概都是爱孩子的。少谷有一回写信责备我，说儿女的吵闹，也是很有趣的，何至可厌到如我所说；他说他真不解。子恺为他家华瞻写的文章，真是“蔼然仁者之言”。圣陶也常常为孩子操心：小学毕业了，到什么中学好呢？——这样的话，他和我说过两三回了。我对他们只有惭愧！可是近来我也渐渐觉着自己的责任。我想，第一该将孩子们团聚起来，其次便该给他们些力量。我亲眼见过一个爱儿女的人，因为不曾好好地教育他们，便将他们荒废了。他并不是溺爱，只是没有耐心去料理他们，他们便不能成材了。我想我若照现在这样下去，孩子们也便危险了。我得计划着，让他们渐渐知道怎样去做人才行。但是要不要他们像我自己呢？这一层，我在白马湖教初中学生时，也曾从师生的立场上问过丏尊，他毫不踌躇地说，“自然啰。”近来与平伯谈起教子，他却答得妙，“总不希望比自己坏啰。”是的，只要不“比自己坏”就行，“像”不“像”倒是不在乎的。职业，人生观等，还是由他们自己去定的好；自己顶可贵，只要指导，帮助他们去发展自己，便是极贤明的办法。

予同说，“我们得让子女在大学毕了业，才算尽了责任。”SK 说，“不然，要看我们的经济,他们的材质与志愿;若是中学毕了业,不能或不愿升学,便去做别的事,譬如做工人吧,那也并非不行的。”自然,人的好坏与成败,也不尽靠学校教育;说是非大学毕业不可,也许只是我们的偏见。在这件事上,我现在毫不能有一定的主意;特别是这个变动不居的时代,知道将来怎样?好在孩子们还小,将来的事且等将来吧。目前所能做的,只是培养他们基本的力量——胸襟与眼光;孩子们还是孩子们,自然说不上高的远的,慢慢从近处小处下手便了。这自然也只能先按照我自己的样子:“神而明之,存乎其人。”光辉也罢,倒楣也罢,平凡也罢,让他们各尽各的力去。我只希望如我所想的,从此好好地做一回父亲,便自称心满意。——想到那“狂人”“救救孩子”的呼声,我怎敢不悚然自勉呢?

1928 年 6 月 24 日晚写毕,北京清华园。

荷塘月色

这几天心里颇不宁静。今晚在院子里坐着乘凉,忽然想起日日走过的荷塘,在这满月的光里,总该另有一番样子吧。月亮渐渐地升高了,墙外马路上孩子们的欢笑,已经听不见了;妻在屋里拍着闰儿,迷迷糊糊地哼着眠歌。我悄悄地披了大衫,带上门出去。

沿着荷塘,是一条曲折的小煤屑路。这是一条幽僻的路;白天也少人走,夜晚更加寂寞。荷塘四面,长着许多树,蓊蓊郁郁的。路的一旁,是些杨柳,和一些不知道名字的树。没有月光的晚上,这路上阴森森的,有些怕人。今晚却很好,虽然月光也还是淡淡的。

路上只我一个人,背着手踱着。这一片天地好像是我的;我也像超出了平常的自己,到了另一世界里。我爱热闹,也爱冷静;爱群居,也爱独处。像今晚上,一个人在这苍茫的月下,什么都可以想,什么都可以不想,便觉是个自由的人。白天里一定要做的事,一定要说的话,现在都可不理。这是独处的妙处,我且受用这无边的荷香月色好了。

曲曲折折的荷塘上面,弥望的是田田的叶子。叶子出水很高,像亭亭的舞女的裙。层层的叶子中间,零星地点缀着些白花,有袅娜地开着的,有羞涩地打着朵儿的；正如一粒粒的明珠，又如碧天里的星星，又如刚出浴的美人。微风过处，送来缕缕清香，仿佛远处高楼上渺茫的歌声似的。这时候叶子与花也有一丝的颤动，像闪电般，霎时传过荷塘的那边去了。叶子本是肩并肩密密地挨着，这便宛然有了一道凝碧的波痕。叶子底下是脉脉的流水，遮住了，不能见一些颜色；而叶子却更见风致了。

月光如流水一般，静静地泻在这一片叶子和花上。薄薄的青雾浮起在荷塘里。叶子和花仿佛在牛乳中洗过一样；又像笼着轻纱的梦。虽然是满月，天上却有一层淡淡的云，所以不能朗照；但我以为这恰是到了好处——酣眠固不可少，小睡也别有风味的。月光是隔了树照过来的，高处丛生的灌木，落下参差的斑驳的黑影，峭楞楞如鬼一般；弯弯的杨柳的稀疏的倩影，却又像是画在荷叶上。塘中的月色并不均匀；但光与影有着和谐的旋律，如梵婀玲上奏着的名曲。

荷塘的四面，远远近近，高高低低都是树，而杨柳最多。这些树将一片荷塘重重围住；只在小路一旁，漏着几段空隙，像是特为月光留下的。树色一例是阴阴的，乍看像一团烟雾；但杨柳的丰姿，便在烟雾里也辨得出。树梢上隐隐约约的是一带远山，只有些大意罢了。树缝里也漏着一两点路灯光，没精打采的，是渴睡人的眼。这时候最热闹的，要数树上的蝉声与水里的蛙声；但热闹是它们的，我什么也没有。

忽然想起采莲的事情来了。采莲是江南的旧俗，似乎很早就有，而六朝时为盛；从诗歌里可以约略知道。采莲的是少年的女子，她们是荡着小船，唱着艳歌去的。采莲人不用说很多，还有看采莲的人。那是一个热闹的季节，也是一个风流的季节。梁元帝《采莲赋》里说得好：

于是妖童媛女，荡舟心许；鹢首徐回，兼传羽杯；櫂将移而藻挂，船欲动而萍开。尔其纤腰束素，迁延顾步；夏始春余，叶嫩花初，恐沾裳而浅笑，畏倾船而敛裾。

可见当时嬉游的光景了。这真是有趣的事，可惜我们现在早已无福消受了。

于是又记起《西洲曲》里的句子：

采莲南塘秋，莲花过人头；低头弄莲子，莲子清如水。

今晚若有采莲人，这儿的莲花也算得“过人头”了；只不见一些流水的影子，是不行的。这令我到底惦着江南了。——这样想着，猛一抬头，不觉已是自己的门前；轻轻地推门进去，什么声息也没有，妻已睡熟好久了。

1927年7月，北京清华园。

看花

生长在大江北岸一个城市里，那儿的园林本是著名的，但近来却很少；似乎自幼就不曾听见过“我们今天看花去”一类话，可见花事是不盛的。有些爱花的人，大都只是将花栽在盆里，一盆盆搁在架上；架子横放在院子里。院子照例是小小的，只够放下一个架子；架上至多搁二十多盆花罢了。有时院子里依墙筑起一座“花台”，台上种一株开花的树；也有在院子里地上种的。但这只是普通的点缀，不算是爱花。

家里人似乎都不甚爱花；父亲只在领我们上街时，偶然和我们到“花房”里去过一两回。但我们住过一所房子，有一座小花园，是房东家的。那里有树，有花架（大约是紫藤花架之类），但我当时还小，不知道那些花木的名字；只记得爬在墙上的是蔷薇而已。园中还有一座太湖石堆成的洞门；现在想来，似乎也还好的。在那时由一个顽皮的少年仆人领了我去，却只知道跑来跑去捉蝴蝶；有时掐下几朵花，也只是随意挼弄着，随意丢弃了。至于领略花的趣味，那是以后的事：夏天的早晨，我们那地方有乡下的姑娘在各处街巷，沿门叫着，“卖栀子花来。”栀子花不是什么高品，但我喜欢那白而晕黄的颜色和那肥肥的个儿，正和那些卖花的姑娘有着相似的韵味。栀子花的香,浓而不烈,清而不淡,也是我乐意的。我这样便爱起花来了。也许有人会问,“你爱的不是花吧?”这个我自己其实也已不大弄得清楚,只好存而不论了。

在高小的一个春天,有人提议到城外 F 寺里吃桃子去,而且预备白吃;不让吃就闹一场,甚至打一架也不在乎。那时虽远在五四运动以前,但我们那里的中学生却常有打进戏园看白戏的事。中学生能白看戏,小学生为什么不能白吃桃子呢?我们都这样想,便由那提议人纠合了十几个同学,浩浩荡荡地向城外而去。到了 F 寺,气势不凡地呵叱着道人们(我们称寺里的工人为道人),立刻领我们向桃园里去。道人们踌躇着说:“现在桃树刚才开花呢。”但是谁信道人们的话?我们终于到了桃园里。大家都丧了气,原来花是真开着呢!这时提议人 P 君便去折花。道人们是一直步步跟着的,立刻上前劝阻,而且用起手来。但 P 君是我们中最不好惹的;“说时迟,那时快”,一眨眼,花在他的手里,道人已踉跄在一旁了。那一园子的桃花,想来总该有些可看;我们却谁也没有想着去看。只嚷着,“没有桃子,得沏茶喝!”道人们满肚子委屈地引我们到“方丈”里,大家各喝一大杯茶。这才平了气,谈谈笑笑地进城去。大概我那时还只懂得爱一朵朵的栀子花,对于开在树上的桃花,是并不了然的;所以眼前的机会,便从眼前错过了。

以后渐渐念了些看花的诗,觉得看花颇有些意思。但到北平读了几年书,却只到过崇效寺一次;而去得又嫌早些,那有名的一株绿牡丹还未开呢。北平看花的事很盛,看花的地方也很多;但那时热闹的似乎也只有一班诗人名士,其余还是不相干的。那正是新文学运动的起头,我们这些少年,对于旧诗和那一班诗人名士,实在有些不敬;而看花的地方又都远不可言,我是一个懒人，便干脆地断了那条心了。后来到杭州做事，遇见了Y君，他是新诗人兼旧诗人，看花的兴致很好。我和他常到孤山去看梅花。孤山的梅花是古今有名的，但太少；又没有临水的，人也太多。有一回坐在放鹤亭上喝茶，来了一个方面有须，穿着花缎马褂的人，用湖南口音和人打招呼道，“梅花盛开嗒！”“盛”字说得特别重，使我吃了一惊；但我吃惊的也只是说在他嘴里“盛”这个声音罢了，花的盛不盛，在我倒并没有什么的。

有一回，Y来说，灵峰寺有三百株梅花；寺在山里，去的人也少。我和Y，还有N君，从西湖边雇船到岳坟，从岳坟入山。曲曲折折走了好一会，又上了许多石级，才到山上寺里。寺甚小，梅花便在大殿西边园中。园也不大，东墙下有三间净室，最宜喝茶看花；北边有座小山，山上有亭，大约叫“望海亭”吧，望海是未必，但钱塘江与西湖是看得见的。梅树确是不少，密密地低低地整列着。那时已是黄昏，寺里只我们三个游人；梅花并没有开，但那珍珠似的繁星似的骨都儿，已经够可爱了；我们都觉得比孤山上盛开时有味。大殿上正做晚课，送来梵呗的声音，和着梅林中的暗香，真叫我们舍不得回去。在园里徘徊了一会，又在屋里坐了一会，天是黑定了，又没有月色，我们向庙里要了一个旧灯笼，照着下山。路上几乎迷了道，又两次三番地狗咬；我们的Y诗人确有些窘了，但终于到了岳坟。船夫远远迎上来道：“你们来了，我想你们不会冤我呢！”在船上，我们还不离口地说着灵峰的梅花，直到湖边电灯光照到我们的眼。

Y回北平去了，我也到了白马湖。那边是乡下，只有沿湖与杨柳相间着种了一行小桃树，春天花发时，在风里娇媚地笑着。还有山里的杜鹃花也不少。这些日日在我们眼前，从没有人像煞有介事地提议，“我们看花去。”但有一位S君,却特别爱养花;他家里几乎是终年不离花的。我们上他家去,总看他在那里不是拿着剪刀修理枝叶,便是提着壶浇水。我们常乐意看着。他院子里一株紫薇花很好,我们在花旁喝酒,不知多少次。白马湖住了不过一年,我却传染了他那爱花的嗜好。但重到北平时,住在花事很盛的清华园里,接连过了三个春,却从未想到去看一回。只在第二年秋天,曾经和孙三先生在园里看过几次菊花。“清华园之菊”是著名的,孙三先生还特地写了一篇文,画了好些画。但那种一盆一干一花的养法,花是好了,总觉没有天然的风趣。直到去年春天,有了些余闲,在花开前,先向人问了些花的名字。一个好朋友是从知道姓名起的,我想看花也正是如此。恰好Y君也常来园中,我们一天三四趟地到那些花下去徘徊。今年Y君忙些,我便一个人去。我爱繁花老干的杏,临风婀娜的小红桃,贴梗累累如珠的紫荆;但最恋恋的是西府海棠。海棠的花繁得好,也淡得好;艳极了,却没有一丝荡意。疏疏的高干子,英气隐隐逼人。可惜没有趁着月色看过;王鹏运有两句词道:“只愁淡月朦胧影,难验微波上下潮。”我想月下的海棠花,大约便是这种光景吧。为了海棠,前两天在城里特地冒了大风到中山公园去,看花的人倒也不少;但不知怎的,却忘了畿辅先哲祠。Y告我那里的一株,遮住了大半个院子;别处的都向上长,这一株却是横里伸张的。花的繁没有法说;海棠本无香,昔人常以为恨,这里花太繁了,却酝酿出一种淡淡的香气,使人久闻不倦。Y告我,正是刮了一日还不息的狂风的晚上;他是前一天去的。他说他去时地上已有落花了,这一日一夜的风,准完了。他说北平看花,是要赶着看的:春光太短了,又晴的日子多;今年算是有阴的日子了,但狂风还是逃不了的。我说北平看花,比别处有意思,也正在此。这时候,我似乎不甚菲薄那一班诗人名士了。

1930 年 4 月

论无话可说

十年前我写过诗;后来不写诗了,写散文;入中年以后,散文也不大写得出了——现在是,比散文还要"散"的无话可说!许多人苦于有话说不出,另有许多人苦于有话无处说;他们的苦还在话中,我这无话可说的苦却在话外。我觉得自己是一张枯叶,一张烂纸,在这个大时代里。

在别处说过,我的"忆的路"是"平如砥""直如矢"的;我永远不曾有过惊心动魄的生活,即使在别人想来最风华的少年时代。我的颜色永远是灰的。我的职业是三个教书;我的朋友永远是那么几个,我的女人永远是那么一个。有些人生活太丰富了,太复杂了,会忘记自己,看不清楚自己,我是什么时候都"了了玲玲地"知道,记住,自己是怎样简单的一个人。

但是为什么还会写出诗文呢?——虽然都是些废话。这是时代为之!十年前正是五四运动的时期,大伙儿蓬蓬勃勃的朝气,紧逼着我这个年轻的学生;于是乎跟着人家的脚印,也说说什么自然,什么人生。但这只是些范畴而已。我是个懒人,平心而论,又不曾遭过怎样了不得的逆境;既不深思力索,又未亲自体验,范畴终于只是范畴,此处也只是廉价的,新瓶里装旧酒的感伤。当时芝麻黄豆大的事,都不惜郑重地写出来,现在看看,苦笑而已。

先驱者告诉我们说自己的话。不幸这些自己往往是简单的,说来说去是那一套;终于说的听的都腻了。——我便是其中的一个。这些人自己其实并没有什么话,只是说些中外贤哲说过的和并世少年将说的话。真正有自己的话要说的是不多的几个人;因为真正一面生活一面吟味那生活的只有不多的几个人。一般人只是生活,按着不同的程度照例生活。

这点简单的意思也还是到中年才觉出的;少年时多少有些热气,想不到这里。中年人无论怎样不好,但看事看得清楚,看得开,却是可取的。这时候眼前没有雾,顶上没有云彩,有的只是自己的路。他负着经验的担子,一步步踏上这条无尽的然而实在的路。他回看少年人那些情感的玩意,觉得一种轻松的意味。他乐意分析他背上的经验,不止是少年时的那些;他不愿远远地捉摸,而愿剥开来细细地看。也知道剥开后便没了那跳跃着的力量,但他不在乎这个,他明白在冷静中有他所需要的。这时候他若偶然说话,决不会是感伤的或印象的,他要告诉你怎样走着他的路,不然就是,所剥开的是些什么玩意。但中年人是很胆小的;他听别人的话渐渐多了,说了的他不说,说得好的他不说。所以终于往往无话可说——特别是一个寻常的人像我。但沉默又是寻常的人所难堪的,我说苦在话外,以此。

中年人若还打着少年人的调子,——姑不论调子的好坏——原也未尝不可,只总觉"像煞有介事"。他要用很大的力量去写出那冒着热气或流着眼泪的话;一个神经敏锐的人对于这个是不容易忍耐的,无论在自己在别人。这好比上了年纪的太太小姐们还涂脂抹粉地到大庭广众里去卖弄一般,是殊可不必的了。

其实这些都可以说是废话,只要想一想咱们这年头。这年头要的是"代言人",而且将一切说话的都看作"代言人";压根儿就无所谓自己的话。这样一来,如我辈者,倒可以将从前狂妄之罪减轻,而现在是更无话可说了。

但近来在戴译《唯物史观的文学论》里看到,法国俗语“无话可说”竟与“一切皆好”同意。呜呼,这是多么损的一句话,对于我,对于我的时代!

1931 年 3 月

白马湖

今天是个下雨的日子。这使我想起了白马湖;因为我第一回到白马湖,正是微风飘萧的春日。

白马湖在甬绍铁道的驿亭站,是个极小极小的乡下地方。在北方说起这个名字,管保一百个人一百个人不知道。但那却是一个不坏的地方。这名字先就是一个不坏的名字。据说从前(宋时?)有个姓周的骑白马入湖仙去,所以有这个名字。这个故事也是一个不坏的故事。假使你乐意搜集,或也可编成一本小书,交北新书局印去。

白马湖并非圆圆的或方方的一个湖,如你所想到的,这是曲曲折折大大小小许多湖的总名。湖水清极了,如你所能想到的,一点儿不含糊像镜子。沿铁路的水,再没有比这里清的,这是公论。遇到旱年的夏季,别处湖里都长了草,这里却还是一清如故。白马湖最大的,也是最好的一个,便是我们住过的屋的门前那一个。那个湖不算小,但湖口让两面的山包抄住了。外面只见微微的碧波而已,想不到有那么大的一片。湖的尽里头,有一个三四十户人家的村落,叫做西徐岙,因为姓徐的多。这村落与外面本是不相通的,村里人要出来得撑船。后来春晖中学在湖边造了房子,这才造了两座玲珑的小木桥,筑起一道煤屑路,直通到驿亭车站。那是窄窄的一条人行路,蜿蜒曲折的，路上虽常不见人，走起来却不见寂寞——尤其在微雨的春天，一个初到的来客，他左顾右盼，是只有觉得热闹的。

春晖中学在湖的最胜处，我们住过的屋也相去不远，是半西式。湖光山色从门里从墙头进来，到我们窗前、桌上。我们几家接连着；丏翁的家最讲究。屋里有名人字画，有古瓷，有铜佛，院子里满种着花。屋子里的陈设又常常变换，给人新鲜的受用。他有这样好的屋子，又是好客如命，我们便不时地上他家里喝老酒。丏翁夫人的烹调也极好，每回总是满满的盘碗拿出来，空空的收回去。白马湖最好的时候是黄昏。湖上的山笼着一层青色的薄雾，在水面映着参差的模糊的影子。水光微微地暗淡，像是一面古铜镜。轻风吹来，有一两缕波纹，但随即平静了。天上偶见几只归鸟，我们看着它们越飞越远，直到不见为止。这个时候便是我们喝酒的时候。我们说话很少；上了灯话才多些，但大家都已微有醉意。是该回家的时候了。若有月光也许还得徘徊一会；若是黑夜，便在暗里摸索醉着回去。

白马湖的春日自然最好。山是青得要滴下来，水是满满的、软软的。小马路的两边，一株间一株地种着小桃与杨柳。小桃上各缀着几朵重瓣的红花，像夜空的疏星。杨柳在暖风里不住地摇曳。在这路上走着，时而听见锐而长的火车的笛声是别有风味的。在春天，不论是晴是雨，是月夜是黑夜，白马湖都好。——雨中田里菜花的颜色最早鲜艳；黑夜虽什么不见，但可静静地受用春天的力量。夏夜也有好处，有月时可以在湖里划小船，四面满是青霭。船上望别的村庄，像是蜃楼海市，浮在水上，迷离惝恍的；有时听见人声或犬吠，大有世外之感。若没有月呢，便在田野里看萤火。那萤火不是一星半点的，如你们在城中所见；那是成千成百的萤火。一片儿飞出来，像金线网似的,又像要着许多火绳似的。只有一层使我愤恨。那里水田多,蚊子太多,而且几乎全闪闪烁烁是疟蚊子。我们一家都染了疟病,至今三四年了,还有未断根的。蚊子多足以减少露坐夜谈或划船夜游的兴致,这未免是美中不足了。

离开白马湖是三年前的一个冬日。前一晚“别筵”上,有丏翁与云君,我不能忘记丏翁,那是一个真挚豪爽的朋友。但我也不能忘记云君,我应该这样说,那是一个可爱的——孩子。

七月十四日,北平。

沉 默

沉默是一种处世哲学，用得好时，又是一种艺术。

谁都知道口是用来吃饭的，有人却说是用来接吻的。我说满没有错儿；但是若统计起来，口的最多的（也许不是最大的）用处，还应该是说话，我相信。按照时下流行的议论，说话大约也算是一种"宣传"，自我的宣传。所以说话彻头彻尾是为自己的事。若有人一口咬定是为别人，凭了种种神圣的名字；我却也愿意让步，请许我这样说：说话有时的确只是间接地为自己，而直接的算是为别人！

自己以外有别人，所以要说话；别人也有别人的自己，所以又要少说话或不说话。于是乎我们要懂得沉默。你若念过鲁迅先生的《祝福》，一定会立刻明白我的意思。

一般人见生人时，大抵会沉默的，但也有不少例外。常在火车轮船里，看见有些人迫不及待似的到处向人问讯，攀谈，无论那是搭客或茶房，我只有羡慕这些人的健康；因为在中国这样旅行中，竟会不感觉一点儿疲倦！见生人的沉默，大约由于原始的恐惧，但是似乎也还有别的。假如这个生人的名字，你全然不熟悉，你所能做的工作，自然只是有意或无意的防御——像防御一个敌人。沉默便是最安全的防御战略。你不一定要他知道你，更不想让他发现你的可笑的地方——一个人总有些可笑的地方不是？——你只让他尽量说他所要说的，若他是个爱说的人。末了你恭恭敬敬和他分别。假如这个生人，你愿意和他做朋友，你也还是得沉默。但是得留心听他的话，选出几处，加以简短的，相当的赞词；至少也得表示相当的同意。这就是知己的开场，或说起码的知己也可。假如这个人是你所敬仰的或未必敬仰的"大人物"，你记住，更不可不沉默！大人物的言语，乃至脸色眼光，都有异样的地方；你最好远远地坐着，让那些勇敢的同伴上前线去。——自然，我说的只是你偶然地遇着或随众访问大人物的时候。若你愿意专诚拜谒，你得另想办法；在我，那却是一件可怕的事。——你看看大人物与非大人物或大人物与大人物间谈话的情形，准可以满足，而不用从牙缝里迸出一个字。说话是一件费神的事，能少说或不说以及应少说或不说的时候，沉默实在是长寿之一道。至于自我宣传，诚哉重要——谁能不承认这是重要呢？——但对于生人，这是白费的；他不会领略你宣传的旨趣，只暗笑你的宣传热；他会忘记得干干净净，在和你一鞠躬或一握手以后。

朋友和生人不同，就在他们能听也肯听你的说话——宣传。这不用说是交换的，但是就是交换的也好。他们在不同的程度下了解你，谅解你；他们对于你有了相当的趣味和礼貌。你的话满足他们的好奇心，他们就趣味地听着；你的话严重或悲哀，他们因为礼貌的缘故，也能暂时跟着你严重或悲哀。在后一种情形里，满足的是你；他们所真感到的怕倒是矜持的气氛。他们知道"应该"怎样做；这其实是一种牺牲，"应该"也"值得"感谢的。但是即使在知己的朋友面前，你的话也还不应该说得太多；同样的故事，情感，和警句,隽语,也不宜重复的说。《祝福》就是一个好榜样。你应该相当的节制自己,不可妄想你的话占领朋友们整个的心——你自己的心,也不会让别人完全占领呀。你更应该知道怎样藏匿你自己。只有不可知,不可得的,才有人去追求;你若将所有的尽给了别人,你对于别人,对于世界,将没有丝毫意义,正和医学生实习解剖时用过的尸体一样。那时是不可思议的孤独,你将不能支持自己,而倾仆到无底的黑暗里去。一个情人常喜欢说:“我愿意将所有的都献给你!”谁真知道他或她所有的是些什么呢?第一个说这句话的人,只是表示自己的慷慨,至多也只是表示一种理想;以后跟着说的,更只是“口头禅”而已。所以朋友间,甚至恋人间,沉默还是不可少的。你的话应该像黑夜的星星,不应该像除夕的爆竹——谁稀罕那彻宵的爆竹呢?而沉默有时更有诗意。譬如在下午,在黄昏,在深夜,在大而静的屋子里,短时的沉默,也许远胜于连续不断的倦怠了的谈话。有人称这种境界为“无言之美”,你瞧,多漂亮的名字!——至于所谓“拈花微笑”,那更了不起了!

可是沉默也有不行的时候。人多时你容易沉默下去,一主一客时,就不准行。你的过分沉默,也许把你的生客惹恼了,赶跑了!倘使你愿意赶他,当然很好;倘使你不愿意呢,你就得不时的让他喝茶,抽烟,看画片,读报,听话匣子,偶然也和他谈谈天气,时局——只是复述报纸的记载,加上几个不能解决的疑问——,总以引他说话为度。于是你点点头,哼哼鼻子,时而叹叹气,听着。他说完了,你再给起个头,照样的听着。但是我的朋友遇见过一个生客,他是一位准大人物,因某种礼貌关系去看我的朋友。他坐下时,将两手笼起,搁在桌上。说了几句话,就止住了,两眼炯炯地直看着我的朋友。我的朋友窘极,好容易陆陆续续地找出一句半句话来敷衍。这自然也是沉默的一种用法，是上司对属僚保持威严用的。用在一般交际里，未免太露骨了；而在上述的情形中，不为主人留一些余地，更属无礼。大人物以及准大人物之可怕，正在此等处。至于应付的方法，其实倒也有，那还是沉默；只消照样笼了手，和他对看起来，他大约也就无可奈何了罢？

给亡妇

谦,日子真快,一眨眼你已经死了三个年头了。这三年里世事不知变化了多少回,但你未必注意这些个,我知道。你第一惦记的是你几个孩子,第二便轮着我。孩子和我平分你的世界,你在日如此;你死后若还有知,想来还如此的。告诉你,我夏天回家来着:迈儿长得结实极了,比我高一个头。闰儿父亲说是最乖,可是没有先前胖了。采芷和转子都好。五儿全家夸她长得好看;却在腿上生了湿疮,整天坐在竹床上不能下来,看了怪可怜的。六儿,我怎么说好,你明白,你临终时也和母亲谈过,这孩子是只可以养着玩儿的,他左挨右挨去年春天,到底没有挨过去。这孩子生了几个月,你的肺病就重起来了。我劝你少亲近他,只监督着老妈子照管就行。你总是忍不住,一会儿提,一会儿抱的。可是你病中为他操的那一份儿心也够瞧的。那一个夏天他病的时候多,你成天儿忙着,汤呀,药呀,冷呀,暖呀,连觉也没有好好儿睡过。哪里有一分一毫想着你自己。瞧着他硬朗点儿你就乐,干枯的笑容在黄蜡般的脸上,我只有暗中叹气而已。

从来想不到做母亲的要像你这样。从迈儿起,你总是自己喂乳,一连四个都这样。你起初不知道按钟点儿喂,后来知道了,却又弄不惯;孩子们每夜里几次将你哭醒了，特别是闷热的夏季。我瞧你的觉老没睡足。白天里还得做菜，照料孩子，很少得空儿。你的身子本来坏，四个孩子就累你七八年。到了第五个，你自己实在不成了，又没乳，只好自己喂奶粉，另雇老妈子专管她。但孩子跟老妈子睡，你就没有放过心；夜里一听见哭，就竖起耳朵听，工夫一大就得过去看。十六年初，和你到北京来，将迈儿，转子留在家里；三年多还不能去接他们，可真把你惦记苦了。你并不常提，我却明白。你后来说你的病就是惦记出来的；那个自然也有份儿，不过大半还是养育孩子累的。你的短短的十二年结婚生活，有十一年耗费在孩子们身上；而你一点不厌倦，有多少力量用多少，一直到自己毁灭为止。你对孩子一般儿爱，不问男的女的，大的小的。也不想到什么"养儿防老，积谷防饥"，只拼命的爱去。你对于教育老实说有些外行，孩子们只要吃得好玩得好就成了。这也难怪你，你自己便是这样长大的。况且孩子们原都还小，吃和玩本来也要紧的。你病重的时候最放不下的还是孩子。病的只剩皮包着骨头了，总不信自己不会好；老说："我死了，这一大群孩子可苦了。"后来说送你回家，你想着可以看见迈儿和转子，也愿意；你万想不到会一走不返的。我送车的时候，你忍不住哭了，说："还不知能不能再见？"可怜，你的心我知道，你满想着好好儿带着六个孩子回来见我的。谦，你那时一定这样想，一定的。

除了孩子，你心里只有我。不错，那时你父亲还在；可是你母亲死了，他另有个女人，你老早就觉得隔了一层似的。出嫁后第一年你虽还一心一意依恋着他老人家，到第二年上我和孩子可就将你的心占住，你再没有多少工夫惦记他了。你还记得第一年我在北京，你在家里。家里来信说你待不住，常回娘家去。我动气了，马上写信责备你。你教人写了一封复信，说家里有事，不能不回去。这是你第一次也可以说第末次的抗议，我从此就没给你写信。暑假时带了一肚子主意回去，但见了面，看你一脸笑，也就拉倒了。打这时候起，你渐渐从你父亲的怀里跑到我这儿。你换了金镯子帮助我的学费，叫我以后还你；但直到你死，我没有还你。你在我家受了许多气，又因为我家的缘故受你家里的气，你都忍着。这全为的是我，我知道。那回我从家乡一个中学半途辞职出走。家里人讽你也走。哪里走！只得硬着头皮往你家去。那时你家像个冰窖子，你们在窖里足足住了三个月。好容易我才将你们领出来了，一同上外省去。小家庭这样组织起来了。你虽不是什么阔小姐，可也是自小娇生惯养的，做起主妇来，什么都得干一两手；你居然做下去了，而且高高兴兴地做下去了。菜照例满是你做，可是吃的都是我们；你至多夹上两三筷子就算了。你的菜做得不坏，有一位老在行大大地夸奖过你。你洗衣服也不错，夏天我的绸大褂大概总是你亲自动手。你在家老不乐意闲着；坐前几个"月子"，老是四五天就起床，说是躺着家里事没条没理的。其实你起来也还不是没条理；咱们家那么多孩子，哪儿来条理？在浙江住的时候，逃过两回兵难，我都在北平。真亏你领着母亲和一群孩子东藏西躲的；末一回还要走多少里路，翻一道大岭。这两回差不多只靠你一个人。你不但带了母亲和孩子们，还带了我一箱箱的书；你知道我是最爱书的。在短短的十二年里，你操的心比人家一辈子还多；谦，你那样身子怎么经得住！你将我的责任一股脑儿担负了去，压死了你；我如何对得起你！

你为我的劳什子书也费了不少神；第一回让你父亲的男佣人从家乡捎到上海去。他说了几句闲话，你气得在你父亲面前哭了。第二回是带着逃难，别人都说你傻子。你有你的想头："没有书怎么教书？况且他又爱这个玩意儿。”其实你没有晓得，那些书丢了也并不可惜；不过教你怎么晓得，我平常从来没和你谈过这些个！总而言之，你的心是可感谢的。这十二年里你为我吃的苦真不少，可是没有过几天好日子。我们在一起住，算来也还不到五个年头。无论日子怎么坏，无论是离是合，你从来没对我发过脾气，连一句怨言也没有。——别说怨我，就是怨命也没有过。老实说，我的脾气可不大好，迁怒的事儿有的是。那些时候你往往抽噎着流眼泪，从不回嘴，也不号啕。不过我也只信得过你一个人，有些话我只和你一个人说，因为世界上只你一个人真关心我，真同情我。你不但为我吃苦，更为我分苦；我之有我现在的精神，大半是你给我培养着的。这些年来我很少生病。但我最不耐烦生病，生了病就呻吟不绝，闹那伺候病的人。你是领教过一回的，那回只一两点钟，可是也够麻烦了。你常生病，却总不开口，挣扎着起来；一来怕搅我，二来怕没人做你那份儿事。我有一个坏脾气，怕听人生病，也是真的。后来你天天发烧，自己还以为南方带来的疟疾，一直瞒着我。明明躺着，听见我的脚步，一骨碌就坐起来。我渐渐有些奇怪，让大夫一瞧，这可糟了，你的一个肺已烂了一个大窟窿了！大夫劝你到西山去静养，你丢不下孩子，又舍不得钱；劝你在家里躺着，你也丢不下那份儿家务。越看越不行了，这才送你回去。明知凶多吉少，想不到只一个月工夫你就完了！本来盼望还见得着你，这一来可拉倒了。你也何尝想到这个？父亲告诉我，你回家独住着一所小住宅，还嫌没有客厅，怕我回去不便哪。

前年夏天回家，上你坟上去了。你睡在祖父母的下首，想来还不孤单的。只是当年祖父母的坟太小了，你正睡在圹底下。这叫做“抗圹”，在生人看来是不安心的；等着想办法哪。那时圹上圹下密密地长着青草，朝露浸湿了我的布鞋。你刚埋了半年多，只有圹下多出一块土，别的全然看不出新坟的样子。我和隐今夏回去，本想到你的坟上来；因为她病了没来成。我们想告诉你，五个孩子都好，我们一定尽心教养他们，让他们对得起死了的母亲——你！谦，好好儿放心安睡吧，你。

1932 年 10 月

春

盼望着，盼望着，东风来了，春天的脚步近了。

一切都像刚睡醒的样子，欣欣然张开了眼。山朗润起来了，水涨起来了，太阳的脸红起来了。

小草偷偷地从土里钻出来，嫩嫩的，绿绿的。园子里，田野里，瞧去，一大片一大片满是的。坐着，躺着，打两个滚，踢几脚球，赛几趟跑，捉几回迷藏。风轻悄悄的，草绵软软的。

桃树、杏树、梨树，你不让我，我不让你，都开满了花赶趟儿。红的像火，粉的像霞，白的像雪。花里带着甜味，闭了眼，树上仿佛已经满是桃儿、杏儿、梨儿！花下成千成百的蜜蜂嗡嗡地闹着，大小的蝴蝶飞来飞去。野花遍地是：杂样儿，有名字的，没名字的，散在草丛里，像眼睛，像星星，还眨呀眨的。

“吹面不寒杨柳风”，不错的，像母亲的手抚摸着你。风里带来些新翻的泥土的气息，混着青草味，还有各种花的香，都在微微润湿的空气里酝酿。鸟儿将窠巢安在繁花嫩叶当中，高兴起来了，呼朋引伴地卖弄清脆的喉咙，唱出宛转的曲子，与轻风流水应和着。牛背上牧童的短笛，这时候也成天在嘹亮地响。

雨是最寻常的，一下就是三两天。可别恼，看，像牛毛，像花针，像细丝，密密地斜织着，人家屋顶上全笼着一层薄烟。树叶子却绿得发亮，小草也青得逼你的眼。傍晚时候，上灯了，一点点黄晕的光，烘托出一片安静而和平的夜。乡下去，小路上，石桥边，撑起伞慢慢走着的人；还有地里工作的农夫，披着蓑，戴着笠的。他们的草屋，稀稀疏疏的在雨里静默着。

天上风筝渐渐多了，地上孩子也多了。城里乡下，家家户户，老老小小，他们也赶趟儿似的，一个个都出来了。舒活舒活筋骨，抖擞抖擞精神，各做各的一份事去。“一年之计在于春”；刚起头儿，有的是工夫，有的是希望。

春天像刚落地的娃娃，从头到脚都是新的，它生长着。

春天像小姑娘，花枝招展的，笑着，走着。

春天像健壮的青年，有铁一般的胳膊和腰脚，他领着我们上前去。

1933 年 7 月

择偶记

自己是长子长孙，所以不到十一岁就说起媳妇来了。那时对于媳妇这件事简直茫然，不知怎么一来，就已经说上了。是曾祖母娘家人，在江苏北部一个小县份的乡下住着。家里人都在那里住过很久，大概也带着我；只是太笨了，记忆里没有留下一点影子。祖母常常躺在烟榻上讲那边的事，提着这个那个乡下人的名字。起初一切都像只在那白腾腾的烟气里。日子久了，不知不觉熟悉起来了，亲昵起来了。除了住的地方，当时觉得那叫做"花园庄"的乡下实在是最有趣的地方了。因此听说媳妇就定在那里，倒也仿佛理所当然，毫无意见。每年那边田上有人来，蓝布短打扮，衔着旱烟管，带好些大麦粉，白薯干儿之类。他们偶然也和家里人提到那位小姐，大概比我大四岁，个儿高，小脚；但是那时我热心的其实还是那些大麦粉和白薯干儿。

记得是十二岁上，那边捎信来，说小姐痨病死了。家里并没有人叹惜；大约他们看见她时她还小，年代一多，也就想不清是怎样一个人了。父亲其时在外省做官，母亲颇为我亲事着急，便托了常来做衣服的裁缝做媒。为的是裁缝走的人家多，而且可以看见太太小姐。主意并没有错，裁缝来说一家人家，有钱，两位小姐，一位是姨太太生的；他给说的是正太太生的大小姐。

他说那边要相亲。母亲答应了,定下日子,由裁缝带我上茶馆。记得那是冬天,到日子母亲让我穿上枣红宁绸袍子,黑宁绸马褂,戴上红帽结儿的黑缎瓜皮小帽,又叮嘱自己留心些。茶馆里遇见那位相亲的先生,方面大耳,同我现在年纪差不多,布袍布马褂,像是给谁穿着孝。这个人倒是慈祥的样子,不住地打量我,也问了些念什么书一类的话。回来裁缝说人家看得很细:说我的"人中"长,不是短寿的样子,又看我走路,怕脚上有毛病。总算让人家看中了,该我们看人家了。母亲派亲信的老妈子去。老妈子的报告是,大小姐个儿比我大得多,坐下去满满一圈椅;二小姐倒苗苗条条的。母亲说胖了不能生育,像亲戚里谁谁谁;教裁缝说二小姐。那边似乎生了气,不答应,事情就摧了。

母亲在牌桌上遇见一位太太,她有个女儿,透着聪明伶俐。母亲有了心,回家说那姑娘和我同年,跳来跳去的,还是个孩子。隔了些日子,便托人探探那边口气。那边做的官似乎比父亲的更小,那时正是光复的前年,还讲究这些,所以他们乐意做这门亲。事情已到九成九,忽然出了岔子。本家叔祖母用的一个寡妇老妈子熟悉这家子的事,不知怎么教母亲打听着了。叫她来问,她的话遮遮掩掩的。到底问出来了,原来那小姑娘是抱来的,可是她一家很宠她,和亲生的一样。母亲心冷了。过了两年,听说她已生了痨病,吸上鸦片烟了。母亲说,幸亏当时没有定下来。我已懂得一些事了,也这末想着。

光复那年,父亲生伤寒病,请了许多医生看。最后请着一位武先生,那便是我后来的岳父。有一天,常去请医生的听差回来说,医生家有位小姐。父亲既然病着,母亲自然更该担心我的事。一听这话,便追问下去。听差原只顺口谈天，也说不出个所以然。母亲便在医生来时，教人问他轿夫，那位小姐是不是他家的。轿夫说是的。母亲便和父亲商量，托舅舅问医生的意思。那天我正在父亲病榻旁，听见他们的对话。舅舅问明了小姐还没有人家，便说，像×翁这样人家怎末样？医生说，很好呀。话到此为止，接着便是相亲；还是母亲那个亲信的老妈子去。这回报告不坏，说就是脚大些。事情这样定局，母亲教轿夫回去说，让小姐裹上点儿脚。妻嫁过来后，说相亲的时候早躲开了，看见的是另一个人。至于轿夫捎的信儿，却引起了一段小小风波。岳父对岳母说，早教你给她裹脚，你不信；瞧，人家怎末说来着！岳母说，偏偏不裹，看他家怎末样！可是到底采取了折衷的办法，直到妻嫁过来的时候。

1934 年 3 月作

潭柘寺　戒坛寺

早就知道潭柘寺，戒坛寺。在商务印书馆的《北平指南》上，见过潭柘的铜图，小小的一块，模模糊糊的，看了一点没有想去的意思。后来不断地听人说起这两座庙；有时候说路上不平静，有时候说路上红叶好。说红叶好的劝我秋天去；但也有人劝我夏天去。有一回骑驴上八大处，赶驴的问逛过潭柘没有，我说没有。他说潭柘风景好，那儿满是老道，他去过，离八大处七八十里地，坐轿骑驴都成。我不大喜欢老道的装束，尤其是那满蓄着的长头发，看上去啰里啰唆，龌里龌龊的。更不想骑驴走七八十里地，因为我知道驴子与我都受不了。真打动我的倒是“潭柘寺”这个名字。不懂不是？就是不懂的妙。躲懒的人念成“潭拓寺”，那更莫名其妙了。这怕是中国文法的花样；要是来个欧化，说是“潭和柘的寺”，那就用不着咬嚼或吟味了。还有在一部诗话里看见近人咏戒台松的七古，诗腾挪夭矫，想来松也如此。所以去。但是在夏秋之前的春天，而且是早春；北平的早春是没有花的。

这才认真打听去过的人。有的说住潭柘好，有的说住戒坛好。有的人说路太难走，走到了筋疲力尽，再没兴致玩儿；有人说走路有意思。又有人说，去时坐了轿子，半路上前后两个轿夫吵起来，把轿子搁下，直说不抬了。

于是心中暗自决定,不坐轿,也不走路;取中道,骑驴子。又按普通说法,总是潭柘寺在前,戒坛寺在后,想着戒坛寺一定远些;于是决定住潭柘,因为一天回不来,必得住。门头沟下车时,想着人多,怕雇不着许多驴,但是并不然——雇驴的时候,才知道戒坛去便宜一半,那就是说近一半。这时候自己忽然逞起能来,要走路。走吧。

这一段路可够瞧的。像是河床,怎么也挑不出没有石子的地方,脚底下老是绊来绊去的,教人心烦。又没有树木,甚至于没有一根草。这一带原是煤窑,拉煤的大车往来不绝,尘土里饱和着煤屑,变成黯淡的深灰色,教人看了透不出气来。走一点钟光景。自己觉得已经有点办不了,怕没有走到便筋疲力尽;幸而山上下来一条驴,如获至宝似地雇下,骑上去。这一天东风特别大。平常骑驴就不稳,风一大真是祸不单行。山上东西都有路,很窄,下面是斜坡;本来从西边走,驴夫看风势太猛,将驴拉上东路。就这么着,有一回还几乎让风将驴吹倒;若走西边,没有准儿会驴我同归哪。想起从前人画风雪骑驴图,极是雅事;大概那不是上潭柘寺去的。驴背上照例该有些诗意,但是我,下有驴子,上有帽子眼镜,都要照管;又有迎风下泪的毛病,常要掏手巾擦干。当其时真恨不得生出第三只手来才好。

东边山峰渐起,风是过不来了;可是驴也骑不得了,说是坎儿多。坎儿可真多。这时候精神倒好起来了:崎岖的路正可以练腰脚,处处要眼到心到脚到,不像平地上。人多更有点竞赛的心理,总想走上最前头去,再则这儿的山势虽然说不上险,可是突兀,丑怪,巉刻的地方有的是。我们说这才有点儿山的意思;老像八大处那样,真教人气闷闷的。于是一直走到潭柘寺后门;这段坎儿路比风里走过的长一半,小驴毫无用处,驴夫说:“咳,这不过给您做个伴儿!”

墙外先看见竹子,且不想进去。又密,又粗,虽然不够绿。北平看竹子,真不易。又想到八大处了,大悲庵殿前那一溜儿,薄得可怜,细得也可怜,比起这儿,真是小巫见大巫了。进去过一道角门,门旁突然亭亭地矗立着两竿粗竹子,在墙上紧紧地挨着;要用批文章的成语,这两竿竹子足称得起“天外飞来之笔”。

正殿屋角上两座琉璃瓦的鸱吻,在台阶下看,值得徘徊一下。神话说殿基本是青龙潭,一夕风雨,顿成平地,涌出两鸱吻。只可惜现在的两座太新鲜,与神话的朦胧幽秘的境界不相称。但是还值得看,为的是大得好,在太阳里嫩黄得好,闪亮得好;那拴着的四条黄铜链子也映衬得好。寺里殿很多,层层折折高上去,走起来已经不平凡,每殿大小又不一样,塑像摆设也各出心裁。看完了,还觉得无穷无尽似的。正殿下延清阁是待客的地方,远处群山像屏障似的。屋子结构甚巧,穿来穿去,不知有多少间,好像一所大宅子。可惜尘封不扫,我们住不着。话说回来,这种屋子原也不是预备给我们这么多人挤着住的。寺门前一道深沟,上有石桥;那时没有水,或是现在去,倚在桥上听潺潺的水声,倒也可以忘我忘世。过桥四株马尾松,枝枝覆盖,叶叶交通,另成一个境界。西边小山上有个古观音洞。洞无可看,但上去时在山坡上看潭柘的侧面,宛如仇十洲的《仙山楼阁图》;往下看是陡峭的沟岸,越显得深深无极,潭柘简直有海上蓬莱的意味了。寺以泉水著名,到处有石槽引水长流,倒也涓涓可爱。只是流觞亭雅得那样俗,在石地上楞刻着蚰蜒般的槽;那样流觞,怕只有孩子们愿意干。现在兰亭的“流觞曲水”也和这儿的一鼻孔出气,不过规模大些。晚上因为带的铺盖薄,冻得睁着眼,却听了一夜的泉声；心里想要不冻着，这泉声够多清雅啊！寺里并无一个老道，但那几个和尚，满身铜臭，满眼势利，教人老不能忘记，倒也麻烦的。

第二天清早，二十多人满雇了牲口，向戒坛而去，颇有浩浩荡荡之势。我的是一匹骡子，据说稳得多。这是第一回，高高兴兴骑上去。这一路要翻罗喉岭。只是土山，可是道儿窄，又曲折；虽不高，老那么凸凸凹凹的。许多处只容得一匹牲口过去。平心说，是险点儿。想起古来用兵，从间道袭敌人，许也是这种光景吧。

戒坛在半山上，山门是向东的。一进去就觉得平旷；南面只有一道低低的砖栏，下边是一片平原，平原尽处才是山，与众山屏蔽的潭柘气象便不同。进二门，更觉得空阔疏朗，仰看正殿前的平台，仿佛汪洋千顷。这平台东西很长，是戒坛最胜处，眼界最宽，教人想起“振衣千仞冈”的诗句。三株名松都在这里。“卧龙松”与“抱塔松”同是偃仆的姿势，身躯奇伟，鳞甲苍然，有飞动之意。“九龙松”老干槎枒，如张牙舞爪一般。若在月光底下，森森然的松影当更有可看。此地最宜低徊流连，不是匆匆一览所可领略。潭柘以层折胜，戒坛以开朗胜；但潭柘似乎更幽静些。戒坛的和尚，春风满面，却远胜于潭柘的；我们之中颇有悔不该在潭柘的。戒坛后山上也有个观音洞。洞宽大而深，大家点了火把嚷嚷闹闹地下去；半里光景的洞满是油烟，满是声音。洞里有石虎，石龟，上天梯，海眼等等，无非是凑凑人的热闹而已。

还是骑骡子。回到长辛店的时候，两条腿几乎不是我的了。

冬天

说起冬天，忽然想到豆腐。是一“小洋锅”(铝锅)白煮豆腐，热腾腾的。水滚着，像好些鱼眼睛，一小块一小块豆腐养在里面，嫩而滑，仿佛反穿的白狐大衣。锅在“洋炉子”(煤油不打气炉)上，和炉子都熏得乌黑乌黑，越显出豆腐的白。这是晚上，屋子老了，虽点着“洋灯”，也还是阴暗。围着桌子坐的是父亲跟我们哥儿三个。“洋炉子”太高了，父亲得常常站起来，微微地仰着脸，觑着眼睛，从氤氲的热气里伸进筷子，夹起豆腐，一一地放在我们的酱油碟里。我们有时也自己动手，但炉子实在太高了，总还是坐享其成的多。这并不是吃饭，只是玩儿。父亲说晚上冷，吃了大家暖和些。我们都喜欢这种白水豆腐；一上桌就眼巴巴望着那锅，等着那热气，等着热气里从父亲筷子上掉下来的豆腐。

又是冬天，记得是阴历十一月十六晚上，跟S君P君在西湖里坐小划子。S君刚到杭州教书，事先来信说：“我们要游西湖，不管它是冬天。”那晚月色真好，现在想起来还像照在身上。本来前一晚是“月当头”；也许十一月的月亮真有些特别吧。那时九点多了，湖上似乎只有我们一只划子。有点风，月光照着软软的水波；当间那一溜儿反光，像新砑的银子。湖上的山只剩了淡淡的影子。山下偶尔有一两星灯火。S君口占两句诗道:“数星灯火认渔村,淡墨轻描远黛痕。”我们都不大说话,只有均匀的桨声。我渐渐地快睡着了。P君“喂”了一下,才抬起眼皮,看见他在微笑。船夫问要不要上净寺去;是阿弥陀佛生日,那边蛮热闹的。到了寺里,殿上灯烛辉煌,满是佛婆念佛的声音,好像醒了一场梦。这已是十多年前的事了,S君还常常通着信,P君听说转变了好几次,前年是在一个特税局里收特税了,以后便没有消息。

在台州过了一个冬天,一家四口子。台州是个山城,可以说在一个大谷里。只有一条二里长的大街。别的路上白天简直不大见人;晚上一片漆黑。偶尔人家窗户里透出一点灯光,还有走路的拿着的火把;但那是少极了。我们住在山脚下。有的是山上松林里的风声,跟天上一只两只的鸟影。夏末到那里,春初便走,却好像老在过着冬天似的;可是即便真冬天也并不冷。我们住在楼上,书房临着大路;路上有人说话,可以清清楚楚地听见。但因为走路的人太少了,间或有点说话的声音,听起来还只当远风送来的,想不到就在窗外。我们是外路人,除上学校去之外,常只在家里坐着。妻也惯了那寂寞,只和我们爷儿们守着。外边虽老是冬天,家里却老是春天。有一回我上街去,回来的时候,楼下厨房的大方窗开着,并排地挨着她们母子三个;三张脸都带着天真微笑地向着我。似乎台州空空的,只有我们四人;天地空空的,也只有我们四人。那时是民国十年,妻刚从家里出来,满自在。现在她死了快四年了,我却还老记着她那微笑的影子。

无论怎么冷,大风大雪,想到这些,我心上总是温暖的。

文人宅

杜甫《最能行》云，“若道士无英俊才，何得山有屈原宅？”《水经注》，秭归“县北一百六十里有屈原故宅，累石为屋基”。看来只是一堆烂石头，杜甫不过说得嘴响罢了。但代远年湮，渺茫也是当然。往近里说，《孽海花》上的“李纯客”就是李慈铭，书里记着他自撰的楹联，上句云，“保安寺街藏书一万卷”；但现在走过北平保安寺街的人，谁知道那一所屋子是他住过的？更不用提屋子里怎么个情形，他住着时怎么个情形了。要凭吊，要留连，只好在街上站一会儿出出神而已。

西方人崇拜英雄可真当回事儿，名人故宅往往保存得好。譬如莎士比亚吧，老宅子，新宅子，太太老太太宅子，都好好的，连家具什物都存着。莎士比亚也许特别些，就是别人，若有故宅可认的话，至少也在墙上用木牌标明，让访古者有低徊之处；无论宅里住着人或已经改了铺子。这回在伦敦所见的四文人宅，时代近，宅内情形比莎士比亚的还好；四所宅子大概都由私人捐款收买，布置起来，再交给公家的。

约翰生博士（Samuel Johnsom，1709—1784）宅，在旧城，是三层楼房，在一个小方场的一角上，静静的。他一七四八年进宅，直住了十一年；他太太死在这里。他的助手就在三层楼上小屋里编成了他那部大字典。那部寓言小说(allegorical novel)《剌塞拉斯》(*Rasselas*)大概也在这屋子里写成;是晚上写的,只写了一礼拜,为的要付母亲下葬的费用。屋里各处,如门堂,复壁板,楼梯,碗橱,厨房等,无不古气盎然。那著名的大字典陈列在楼下客室里;是第三版,厚厚的两大册。他编著这部字典,意在保全英语的纯粹,并确定字义;因为当时作家采用法国字的实在太多了。字典中所定字义有些很幽默:如"女诗人,母诗人也"(she-poet,盖准 she-goat——母山羊——字例),又如"燕麦,谷之一种,英格兰以饲马,而苏格兰则以为民食也",都够损的。——伦敦约翰生社便用这宅子作会所。

济兹(John Keats,1795—1821)宅,在市北汉姆司台德区(Hampstead)。他生卒虽然都不在这屋子里,可是在这儿住,在这儿恋爱,在这儿受人攻击,在这儿写下不朽的诗歌。那时汉姆司台德区还是乡下,以风景著名,不像现时人烟稠密。济兹和他的朋友布朗(Charles Armitage Brown)同住。屋后是个大花园,绿草繁花,静如隔世;中间一棵老梅树,一九二一年干死了,干子还在。据布朗的追记,济兹《夜莺歌》似乎就在这棵树下写成。布朗说,"一八一九年春天,有只夜莺做窠在这屋子近处。济兹常静听它歌唱以自怡悦;一天早晨吃完早饭,他端起一张椅子坐到草地上梅树下,直坐了两三点钟。进屋子的时候,见他拿着几张纸片儿,塞向书后面去。问他,才知道是歌咏我们的夜莺之作。"这里说的梅树,也许就是花园里那一棵。但是屋前还有草地,地上也是一棵三百岁老桑树,枝叶扶疏,至今结桑椹;有人想《夜莺歌》也许在这棵树下写的。济兹的好诗在这宅子里写的最多。

他们隔壁住过一家姓布龙(Brawne)的。有位小姐叫凡耐(Fanny),让济兹爱上了,他俩订了婚,他的朋友颇有人不以为然,为的女的配不上;可是女家也大不乐意,为的济兹身体弱,又像疯疯癫癫的。济兹自己写小姐道:"她个儿和我差不多——长长的脸蛋儿——多愁善感——头梳得好——鼻子不坏,就是有点小毛病——嘴有坏处有好处——脸侧面看好,正面看,又瘦又少血色,像没有骨头。身架苗条,姿态如之——胳膊好,手差点儿——脚还可以——她不止十七岁,可是天真烂漫——举动奇奇怪怪的,到处跳跳蹦蹦,给人编诨名,近来愣叫我'自美自的女孩子'——我想这并非生性坏,不过爱闹一点漂亮劲儿罢了。"

一八二〇年二月,济兹从外面回来,吐了一口血。他母亲和三弟都死在痨病上,他也是个痨病底子;从此便一天坏似一天。这一年九月,他的朋友赛焚(Joseph Severn)伴他上罗马去养病;次年二月就死在那里,葬新教坟场,才二十六岁。现在这屋子里陈列着一圈头发,大约是赛焚在他死后从他头上剪下来的。又次年,赛焚向人谈起,说他保存着可怜的济兹一点头发,等个朋友捎回英国去;他说他有个怪想头,想照他的希腊琴的样子作根别针,就用济兹头发当弦子,送给可怜的布龙小姐,只恨找不到这样的手艺人。济兹头发的颜色在各人眼里不大一样:有的说赤褐色,有的说棕色,有的说暖棕色,他二弟两口子说是金红色,赛焚追画他的像,却又画作深厚的棕黄色。布龙小姐的头发,这儿也有一并存着。

他俩订婚戒指也在这儿,镶着一块红宝石。还有一册仿四折本《莎士比亚》,是济兹常用的。他对于莎士比亚,下过一番苦工夫;书中页边行里都画着道儿,也有些精湛的评语。空白处亲笔写着他见密尔顿发和独坐重读《黎琊王》剧作两首诗；书名页上记着“给布龙凡耐，一八二〇”，照年份看，准是上意大利去时送了作纪念的。珂罗版印的《夜莺歌》墨迹，有一份在这儿，另有哈代《汉姆司台德宅作》一诗手稿，是哈代夫人捐赠的，宅中出售影印本。济兹书法以秀丽胜，哈代的以苍老胜。

这屋子保存下来却并不易。一九二一年，业主想出售，由人翻盖招租，地段好，脱手一定快的；本区市长知道了，赶紧组织委员会募款一万镑。款还募得不多，投机的建筑公司已经争先向业主讲价钱。在这千钧一发的当儿，亏得市长和本区四委员迅速行动，用私人名义担保付款，才得挽回危局。后来共收到捐款四千六百五十镑（约合七八万元），多一半是美国人捐的；那时正当大战之后，为这件事在英国募款是不容易的。

加莱尔（Thomas Carlyle，1795—1881）宅，在泰晤士河旁乞而西区（Chelsea）；这一区至今是文人艺士荟萃之处。加莱尔是维多利亚时代初期的散文家，当时号为“乞而西圣人”。一八三四年住到这宅子里，一直到死。书房在三层楼上，他最后一本书《弗来德力大帝传》就在这儿写的。这间房前面临街，后面是小园子；他让前后都砌上夹墙，为的怕那街上的嚣声，园中的鸡叫。他著书时坐的椅子还在；还有一件呢浴衣。据说他最爱穿浴衣，有不少件；苏格兰国家画院所藏他的画像，便穿着灰呢浴衣，坐在沙发上读书，自有一番宽舒的气象。画中读书用的架子还可看见。宅里存着他几封信，女司事愿意念给访问的人听，朗朗有味。二楼加莱尔夫人屋里放着架小屏，上面横的竖的斜的正的贴满了世界各处风景和人物的画片。

迭更斯(Charles Dickens,1812—1870)宅,在“西头”,现在是热闹地方。迭更斯出身贫贱,熟悉下流社会情形;他小说里写这种情形,最是酣畅淋漓之至。这使他成为“本世纪最通俗的小说家,又,英国大幽默家之一”,如他的老友浮斯大(John Forster)给他作的传开端所说。他一八三六年动手写《比克维克秘记》(*Pickwick Papers*),在月刊上发表。起初是绅士比克维克等行猎故事,不甚为世所重;后来仆人山姆(Sam Weller)出现,诙谐嘲讽,百变不穷,那月刊顿时风行起来。迭更斯手头渐宽,这才迁入这宅子里,时在一八三七年。

他在这里写完了《比克维克秘记》,就是这一年印成单行本。他算是一举成名,从此直到他死时,三十四年间,总是蒸蒸日上。来这屋子不多日子,他借了一个饭店举行《秘记》发表周年纪念,又举行他夫妇结婚周年纪念。住了约莫两年,又写成《块肉余生述》,《滑稽外史》等。这其间生了两个女儿,房子挤不下了;一八三九年终,他便搬到别处去了。

屋子里最热闹的是画,画着他小说中的人物,墙上大大小小,突梯滑稽,满是的。所以一屋子春气。他的人物虽只是类型,不免奇幻荒唐之处,可是有真味,有人味;因此这么让人欢喜赞叹。屋子下层一间厨房,所谓“丁来谷厨房”,道地老式英国厨房,是特地布置起来的——“丁来谷”是比克维克一行下乡时寄住的地方。厨房架子上摆着带釉陶器,也都画着迭更斯的人物。这宅里还存着他的手杖,头发;一朵玫瑰花,是从他尸身上取下来的;一块小窗户,是他十一岁时住的楼顶小屋里的;一张书桌,他带到美洲去过,临死时给了二女儿,现时罩着紫色天鹅绒,蛮伶俐的。此外有他从这屋子寄出的两封信,算回了老家。

这四所宅子里的东西,多半是人家捐赠;有些是特地买了送来的。也有借得来陈列的。管事的人总是在留意搜寻着,颇为苦心热肠。经常用费大部靠基金和门票、指南等余利;但门票卖的并不多,指南照顾的更少,大约维持也不大容易。

格雷(Thomas Gray,1716—1771)以《挽歌辞》(*Elegy Written in a Country Churchyard*)著名。原题中所云"作于乡村教堂墓地中",指司妥克波忌士(Stoke Poges)的教堂而言。诗作于一七四二格雷二十五岁时,成于一七五〇,当时诗人怀古之情,死生之感,亲近自然之意,诗中都委婉达出,而句律精妙,音节谐美,批评家以为最足代表英国诗,称为诗中之诗。诗出后,风靡一时,诵读模拟,遍于欧洲各国;历来引用极多,至今已成为英美文学教育的一部分。司妥克波忌士在伦敦西南,从那著名的温泽堡(Windsor Castle)去是很近的。四月一个下午,微雨之后,我们到了那里。一路幽静,似乎鸟声也不大听见。拐了一个小弯儿,眼前一片平铺的碧草,点缀着稀疏的墓碑;教堂木然孤立,像戏台上布景似的。小路旁一所小屋子,门口有小木牌写着格雷陈列室之类。出来一位白发老人,殷勤地引我们去看格雷墓,长方形,特别大,是和他母亲、姨母合葬的,紧挨着教堂墙下。又看水松树(yew-tree),老人说格雷在那树下写《挽歌辞》来着;《挽歌辞》里提到水松树,倒是确实的。我们又兜了个大圈子,才回到小屋里,看《挽歌辞》真迹的影印本。还有几件和格雷关系很疏的旧东西。屋后有井,老人自己汲水灌园,让我们想起"灌园叟"来;临别他送我们每人一张教堂影片。

房东太太

歇卜士太太(Mrs. Hibbs)没有来过中国,也并不怎样喜欢中国,可是我们看,她有中国那老味儿。她说人家笑她母女是维多利亚时代的人,那是老古板的意思;但她承认她们是的,她不在乎这个。

真的,圣诞节下午到了她那间黯淡的饭厅里,那家具,那人物,那谈话,都是古气盎然,不像在现代。这时候她还住在伦敦北郊芬乞来路(Finchley Road)。那是一条阔人家的路;可是她的房子已经抵押满期,经理人已经在她门口路边上立了一座木牌,标价招买,不过半年多还没人过问罢了。那座木牌,和篮球架子差不多大,只是低些;一走到门前,准看见。晚餐桌上,听见厨房里尖叫了一声,她忙去看了,回来说,火鸡烤枯了一点,可惜,二十二磅重,还是卖了几件家具买的呢。她可惜的是火鸡,倒不是家具;但我们一点没吃着那烤枯了的地方。

她爱说话,也会说话,一开口滔滔不绝;押房子,卖家具等等,都会告诉你。但是只高高兴兴地告诉你,至少也平平淡淡地告诉你,决不垂头丧气,决不唉声叹气。她说话是个趣味,我们听话也是个趣味(在她的话里,她死了的丈夫和儿子都是活的,她的一些住客也是活的);所以后来虽然听了四个多月，倒并不觉得厌倦。有一回早餐时候，她说有一首诗，忘记是谁的，可以作她的墓铭，诗云：

这儿一个可怜的女人，
她在世永没有住过嘴。
上帝说她会复活，
我们希望她永不会。

其实我们倒是希望她会的。

道地的贤妻良母，她是；这里可以看见中国那老味儿。她原是个阔小姐，从小送到比利时受教育，学法文，学钢琴。钢琴大约还熟，法文可生疏了。她说街上如有法国人向她问话，她想起答话的时候，那人怕已经拐了弯儿了。结婚时得着她姑母一大笔遗产；靠着这笔遗产，她支持了这个家庭二十多年。歇卜士先生在剑桥大学毕业，一心想作诗人，成天住在云里雾里。他二十年只在家里待着，偶然教几个学生。他的诗送到剑桥的刊物上去，原稿却寄回了，附着一封客气的信。他又自己花钱印了一小本诗集，封面上注明，希望出版家采纳印行，但是并没有什么回响。太太常劝先生删诗行，譬如说，四行中可以删去三行罢；但是他不肯割爱，于是乎只好敝帚自珍了。

歇卜士先生却会说好几国话。大战后太太带了先生小姐，还有一个朋友去逛意大利；住旅馆雇船等等，全交给诗人的先生办，因为他会说意大利话。幸而没出错儿。临上火车，到了站台上，他却不见了。眼见车就要开了，太太这一急非同小可，又不会说给别人，只好教小姐去张看，却不许她远走。好容易先生钻出来了,从从容容的,原来他上“更衣室”来着。

太太最伤心她的儿子。他也是大学生,长的一表人才。大战时去从军;训练的时候偶然回家,非常爱惜那庄严的制服,从不教它有一个褶儿。大战快完的时候,却来了恶消息,他尽了他的职务了。太太最伤心的是这个时候的这种消息,她在举世庆祝休战声中,迷迷糊糊过了好些日子。后来逛意大利,便是解闷儿去的。她那时甚至于该领的恤金,无心也不忍去领——等到限期已过,即使要领,可也不成了。

小姐现在是她唯一的亲人;她就为这个女孩子活着。早晨一块儿拾掇拾掇屋子,吃完了早饭,一块儿上街散步,回来便坐在饭厅里,说说话,看看通俗小说,就过了一天。晚上睡在一屋里。一星期也同出去看一两回电影。小姐大约有二十四五了,高个儿,总在五英尺十寸左右;蟹壳脸,露牙齿,脸上倒是和和气气的。爱笑,说话也天真得像个十二三岁小姑娘。先生死后,他的学生爱利斯(Ellis)很爱歇卜士太太,几次想和她结婚,她不肯。爱利斯是个传记家,有点小名气。那回诗人德拉梅在伦敦大学院讲文学的创造,曾经提到他的书。他很高兴,在歇卜士太太晚餐桌上特意说起这个。但是太太说他的书干燥无味,他送来,她们只翻了三五页就搁在一边儿了。她说最恨猫怕狗,连书上印的狗都怕,爱利斯却养着一大堆。她女儿最爱电影,爱利斯却瞧不起电影。她的不嫁,怎么穷也不嫁,一半为了女儿。

这房子招徕住客,远在歇卜士先生在世时候。那时只收一个人,每日供早晚两餐,连宿费每星期五镑钱,合八九十元,够贵的。广告登出了,第一个来的是日本人,他们答应下了。第二天又来了个西班牙人,却只好谢绝了。从此住这所房的总是日本人多;先生死了,住客多了,后来竟有“日本房”的名字。这些日本人有一两个在外边有女人,有一个还让女人骗了,他们都回来在饭桌上报告,太太也同情的听着。有一回,一个人忽然在饭桌上谈论自由恋爱,而且似乎是冲着小姐说的。这一来太太可动了气。饭后就告诉那个人,请他另外找房住。这个人走了,可是日本人有个俱乐部,他大约在俱乐部里报告了些什么,以后日本人来住的便越来越少了。房间老是空着,太太的积蓄早完了;还只能在房子上打主意,这才抵押了出去。那时自然盼望赎回来,可是日子一天一天过去,情形并不见好。房子终于标卖,而且圣诞节后不久,便卖给一个犹太人了。她想着年头不景气,房子且没人要呢,哪知犹太人到底有钱,竟要了去,经理人限期让房。快到期了,她直说来不及。经理人又向法院告诉,法院出传票教她去。她去了,女儿搀扶着;她从来没上过堂,法官说欠钱不让房,是要坐牢的。她又气又怕,几乎昏倒在堂上;结果只得答应了加紧找房。这种种也都是为了女儿,她可一点儿不悔。

她家里先后也住过一个意大利人,一个西班牙人,都和小姐做过爱;那西班牙人并且和小姐定过婚,后来不知怎样解了约。小姐倒还惦着他,说是"身架真好看!"太太却说,"那是个坏家伙!"后来似乎还有个"坏家伙",那是太太搬到金树台的房子里才来住的。他是英国人,叫凯德,四十多了。先是作公司兜售员,沿门兜售电气扫除器为生。有一天撞到太太旧宅里去了,他要表演扫除器给太太看,太太拦住他,说不必,她没有钱;她正要卖一批家具,老卖不出去,烦着呢。凯德说可以介绍一家公司来买;那一晚太太很高兴,想着他定是个大学毕业生。没两天,果然介绍了一家公司,将家具买去了。他本来住在他姊姊家,却搬到太太家来了。他没有薪水,全靠兜售的佣金;而电气扫除器那东西价钱很大,不容易脱手。所以便干搁起来了。这个人只是个买卖人，不是大学毕业生。大约穷了不止一天，他有个太太，在法国给人家看孩子，没钱，接不回来；住在姊姊家，也因为穷，让人家给请出来了。搬到金树台来，起初整付了一回房饭钱，后来便零碎的半欠半付，后来索性付不出了。不但不付钱，有时连午饭也要叨光。如是者两个多月，太太只得将他赶了出去。回国后接着太太的信，才知道小姐却有点喜欢凯德这个“坏蛋”，大约还跟他来往着。太太最提心这件事，小姐是她的命，她的命决不能交在一个“坏蛋”手里。

小姐在芬乞来路时，教着一个日本太太英文。那时这位日本太太似乎非常关心歇卜士家住着的日本先生们，老是问这个问那个的；见了他们，也很亲热似的。歇卜士太太瞧着不大顺眼，她想着这女人有点儿轻狂。凯德的外甥女有一回来了，一个摩登少女。她照例将手绢掖在袜带子上，拿出来用时，让太太看在眼里。后来背地里议论道，“这多不雅相！”太太在小事情上是很敏锐的。有一晚那爱尔兰女仆端菜到饭厅，没有戴白帽檐儿。太太很不高兴，告诉我们，这个侮辱了主人，也侮辱了客人。但那女仆是个“社会主义”的贪婪的人，也许匆忙中没想起戴帽檐儿；压根儿她怕就觉得戴不戴都是无所谓的。记得那回这女仆带了男朋友到金树台来，是个失业的工人。当时刚搬了家，好些零碎事正得一个人。太太便让这工人帮帮忙，每天给点钱。这原是一举两得，各厢情愿的。不料女仆却当面说太太揩了穷小子的油。太太听说，简直有点莫名其妙。

太太不上教堂去，可是迷信。她虽是新教徒，可是有一回丢了东西，却照人家传给的法子，在家点上一支蜡，一条腿跪着，口诵安东尼圣名，说是这么着东西就出来了。拜圣者是旧教的花样，她却不管。每回作梦，早餐时总翻翻占梦书。她有三本占梦书;有时她笑自己;三本书说的都不一样,甚至还相反呢。喝碗茶,碗里的茶叶,她也爱看;看像什么字头,便知是姓什么的来了。她并不盼望访客,她是在盼望住客啊。到金树台时,前任房东太太介绍一位英国住客继续住下。但这位半老的住客却嫌客人太少,女客更少,又嫌饭桌上没有笑,没有笑话,只看歇卜士太太的独角戏,老母亲似的唠唠叨叨,总是那一套。他终于托故走了,搬到别处去了。我们不久也离开英国,房子于是乎空空的。去年接到歇卜士太太来信,她和女儿已经作了人家管家老妈了;“维多利亚时代”的上流妇人,这世界已经不是她的了。

论诚意

诚伪是品性，却又是态度。从前论人的诚伪，大概就品性而言。诚实，诚笃，至诚，都是君子之德；不诚便是诈伪的小人。品性一半是生成，一半是教养；品性的表现出于自然，是整个儿的为人。说一个人是诚实的君子或诈伪的小人，是就他的行迹总算账。君子大概总是君子，小人大概总是小人。虽然说气质可以变化，盖了棺才能论定人，那只是些特例。不过一个社会里，这种定型的君子和小人并不太多，一般常人都浮沉在这两界之间。所谓浮沉，是说这些人自己不能把握住自己，不免有诈伪的时候。这也是出于自然。还有一层，这些人对人对事有时候自觉的加减他们的诚意，去适应那局势。这就是态度。态度不一定反映出品性来；一个诚实的朋友到了不得已的时候，也会撒个谎什么的。态度出于必要，出于处世的或社交的必要，常人是免不了这种必要的。这是"世故人情"的一个项目。有时可以原谅，有时甚至可以容许。态度的变化多，在现代多变的社会里也许更会使人感兴趣些。我们嘴里常说的，笔下常写的"诚恳""诚意"和"虚伪"等词，大概都是就态度说的。

但是一般人用这几个词似乎太严格了一些。照他们的看法，不诚恳无诚意的人就未免太多。而年轻人看社会上的人和事,除了他们自己以外差不多尽是虚伪的。这样用“虚伪”那个词,又似乎太宽泛了一些。这些跟老先生们开口闭口说“人心不古,世风日下”同样犯了笼统的毛病。一般人似乎将品性和态度混为一谈,年轻人也如此,却又加上了“天真”“纯洁”种种幻想。诚实的品性确是不可多得,但人孰无过,不论哪方面,完人或圣贤总是很少的。我们恐怕只能宽大些,卑之无甚高论,从态度上着眼。不然无谓的烦恼和纠纷就太多了。至于天真纯洁,似乎只是儿童的本分——老气横秋的儿童实在不顺眼。可是一个人若总是那么天真纯洁下去,他自己也许还没有什么,给别人的麻烦却就太多。有人赞美“童心”“孩子气”,那也只限于无关大体的小节目,取其可以调剂调剂平板的氛围气。若是重要关头也如此,那时天真恐怕只是任性,纯洁恐怕只是无知罢了。幸而不诚恳,无诚意,虚伪等等已经成了口头禅,一般人只是跟着大家信口说着,至多皱皱眉,冷笑笑,表示无可奈何的样子就过去了。自然也短不了认真的,那却苦了自己,甚至于苦了别人。年轻人容易认真,容易不满意,他们的不满意往往是社会改革的动力。可是他们也得留心,若是在诚伪的分别上认真得过了分,也许会成为虚无主义者。

人与人事与事之间各有分际,言行最难得恰如其分。诚意是少不得的,但是分际不同,无妨斟酌加减点儿。种种礼数或过场就是从这里来的。有人说礼是生活的艺术,礼的本意应该如此。日常生活里所谓客气,也是一种礼数或过场。有些人觉得客气太拘形迹,不见真心,不是诚恳的态度。这些人主张率性自然。率性自然未尝不可,但是得看人去。若是一见生人就如此这般,就有点野了。即使熟人,毫无节制的率性自然也不成。夫妇算是熟透了的，有时还得“相敬如宾”，别人可想而知。总之，在不同的局势下，率性自然可以表示诚意，客气也可以表示诚意，不过诚意的程度不一样罢了。客气要大方，合身份，不然就是诚意太多；诚意太多，诚意就太贱了。

看人，请客，送礼，也都是些过场。有人说这些只是虚伪的俗套，无聊的玩意儿。但是这些其实也是表示诚意的。总得心里有这个人，才会去看他，请他，送他礼，这就有诚意了。至于看望的次数，时间的长短，请作主客或陪客，送礼的情形，只是诚意多少的分别，不是有无的分别。看人又有回看，请客有回请，送礼有回礼，也只是回答诚意。古语说得好，“来而不往非礼也”，无论古今，人情总是一样的。有一个人送年礼，转来转去，自己送出去的礼物，有一件竟又回到自己手里。他觉得虚伪无聊，当作笑谈。笑谈确乎是的，但是诚意还是有的。又一个人路上遇见一个本不大熟的朋友向他说，“我要来看你。”这个人告诉别人说，“他用不着来看我，我也知道他不会来看我，你瞧这句话才没意思哪！”那个朋友的诚意似乎是太多了。凌叔华女士写过一个短篇小说，叫做《外国规矩》，说一位青年留学生陪着一位旧家小姐上公园，尽招呼她这样那样的。她以为让他爱上了，哪里知道他行的只是“外国规矩”！这喜剧由于那位旧家小姐不明白新礼数，新过场，多估量了那位留学生的诚意。可见诚意确是有分量的。

人为自己活着，也为别人活着。在不伤害自己身份的条件下顾全别人的情感，都得算是诚恳，有诚意。这样宽大的看法也许可以使一些人活得更有兴趣些。西方有句话，“人生是做戏。”做戏也无妨，只要有心往好里做就成。客气等等一定有人觉得是做戏，可是只要为了大家好，这种戏也值得做的。另一方面，诚恳，诚意也未必不是戏。现在人常说，“我很诚恳的告诉你”，“我是很有诚意的”，自己标榜自己的诚恳，诚意，大有卖瓜的说瓜甜的神气，诚实的君子大概不会如此。不过一般人也已习惯自然，知道这只是为了增加诚意的分量，强调自己的态度，跟买卖人的吆喝到底不是一回事儿。常人到底是常人，得跟着局势斟酌加减他们的诚意，变化他们的态度；这就不免沾上了些戏味。西方还有句话，“诚实是最好的政策”，“诚实”也只是态度；这似乎也是一句戏词儿。

《星期评论》，1940 年。

白水漈[1]

几个朋友伴我游白水漈。

这也是个瀑布；但是太薄了，又太细了。有时闪着些须的白光；等你定睛看去，却又没有——只剩一片飞烟而已。从前有所谓“雾縠”[2]，大概就是这样了。所以如此，全由于岩石中间突然空了一段；水到那里，无可凭依，凌虚飞下，便扯得又薄又细了。当那空处，最是奇迹。白光嬗[3]为飞烟，已是影子；有时却连影子也不见。有时微风过来，用纤手挽着那影子，它便嫋嫋的成了一个软弧；但她的手才松，它又像橡皮带儿似的，立刻伏伏贴贴的缩回来了。我所以猜疑，或者另有双不可知的巧手，要将这些影子织成一个幻网。——微风想夺了她的，她怎么肯呢？

幻网里也许织着诱惑；我的依恋便是个老大的证据。

---

① 漈：方言，指瀑布。

② 雾縠：轻纱的一种，薄如云雾，故名。

③ 嬗：变化。

罗马

罗马(Rome)是历史上大帝国的都城,想象起来,总是气象万千似的。现在它的光荣虽然早过去了,但是从七零八落的废墟里,后人还可仿佛于百一。这些废墟,旧有的加上新发掘的,几乎随处可见,像特意点缀这座古城的一般。这边几根石柱子,那边几段破墙,带着当年的尘土,寂寞地陷在大坑里;虽然是夏天中午的太阳,照上去也黯黯淡淡,没有多少劲儿。就中罗马市场(Forum Romanum)规模最大。这里是古罗马城的中心,有法庭,神庙,与住宅的残迹。卡司多和波鲁斯庙的三根哥林斯式的柱子,顶上还有片石相连着;在全场中最为秀拔,像三个丰姿飘洒的少年用手横遮着额角,正在眺望这一片古市场。想当年这里终日挤挤闹闹的也不知有多少人,各有各的心思,各有各的手法;现在只剩三两起游客指手画脚地在死一般的寂静里。犄角上有一所住宅,情形还好;一面是三间住屋,有壁画,已模糊了,地是嵌石铺成的;旁厢是饭厅,壁画极讲究,画的都是正大的题目,他们是很看重饭厅的。市场上面便是巴拉丁山,是饱历兴衰的地方。最早是一个村落,只有些茅草屋子;罗马共和末期,一姓贵族聚居在这里;帝国时代,更是繁华。游人走上山去,两旁宏壮的住屋还留下完整的黄土坯子,可以见出当时阔人家的气局。屋顶一片平场,原是许多花园,总名法内塞园子,也是四百年前的旧迹;现在点缀些花木,一角上还有一座小喷泉。在这园子里看脚底下的古市场,全景都在望中了。

市场东边是斗狮场,还可以看见大概的规模;在许多宏壮的废墟里,这个算是情形最好的。外墙是一个大圆圈儿,分四层,要仰起头才能看到顶上。下三层都是一色的圆拱门和柱子,上一层只有小长方窗户和楞子;这种单纯的对照教人觉得这座建筑是整整的一块,好像直上云霄的松柏,老干亭亭,没有一些繁枝细节。里面中间原是大平场;中古时在这儿筑起堡垒,现在满是一道道颓毁的墙基,倒成了四不像。这场子便是斗狮场;环绕着的是观众的坐位。下两层是包厢,皇帝与外宾的在最下层,上层是贵族的;第三层公务员坐,最上层平民坐:共可容四五万人。狮子洞还在下一层,有口直通场中。斗狮是一种刑罚,也可以说是一种裁判:罪囚放在狮子面前,让狮子去搏他;他若居然制死了狮子,便是直道在他一边,他就可自由了。但自然是让狮子吃掉的多;这些人大约就算活该。想到临场的罪囚和他亲族的悲苦与恐怖,他的仇人的痛快,皇帝的威风,与一般观众好奇的紧张的面目,真好比一场恶梦。这个场子建筑在一世纪,原是戏园子,后来才改作斗狮之用。

斗狮场南面不远是卡拉卡拉浴场。古罗马人颇讲究洗澡,浴场都造得好,这一所更其华丽。全场用大理石砌成,用嵌石铺地;有壁画,有雕像,用具也不寻常。房子高大,分两层,都用圆拱门,走进去觉得稳稳的;里面金碧辉煌,与壁画雕像相得益彰。居中是大健身房,有喷泉两座。场子占地六英亩,可容一千六百人洗浴。洗浴分冷热水蒸气三种,各占一所屋子。古罗马人上浴场来，不单是为洗澡；他们可以在这儿商量买卖，和解讼事等等，正和我们上茶店上饭店一般作用。这儿还有好些游艺，他们公余或倦后来洗一个澡，找几个朋友到游艺室去消遣一回，要不然，到客厅去谈谈话，都是很“写意”的。现在却只剩下一大堆遗迹。大理石本来还有不少，早给搬去造圣彼得等教堂去了；零星的物件陈列在博物院里。我们所看见的只是些巍巍峨峨参参差差的黄土骨子，站在太阳里，还有学者们精心研究出来的《卡拉卡拉浴场图》的照片，都只是所谓过屠门大嚼而已。

罗马从中古以来便以教堂著名。康南海《罗马游纪》中引杜牧的诗“南朝四百八十寺，多少楼台烟雨中”，光景大约有些相像的；只可惜初夏去的人无从领略那烟雨罢了。圣彼得堂最精妙，在城北尼罗圆场的旧址上。尼罗在此地杀了许多基督教徒。据说圣彼得上十字架后也便葬在这里。这教堂几经兴废，现在的房屋是十六世纪初年动工，经了许多建筑师的手。密凯安杰罗七十二岁时，受保罗第三的命，在这儿工作了十七年。后人以为天使保罗第二假手于这一个大艺术家，给这座大建筑定下了规模；以后虽有增改，但大体总是依着他的。教堂内部参照卡拉卡拉浴场的式样，许多高大的圆拱门稳稳地支着那座穹隆顶。教堂长六百九十六英尺，宽四百五十英尺，穹隆顶高四百〇三英尺，可是乍看不觉得是这么大。因为平常看屋子大小，总以屋内饰物等为标准，饰物等的尺寸无形中是有谱子的。圣彼得堂里的却大得离了谱子，“天使像巨人，鸽子像老鹰”；所以教堂真正的大小，一下倒不容易看出了。但是你若看里面走动着的人，便渐渐觉得不同。教堂用彩色大理石砌墙，加上好些嵌石的大幅的名画，大都是亮蓝与朱红二色；鲜明丰丽，不像普通教堂一味阴沉沉的。密凯安杰罗雕的彼得像，温和光洁，别是一格，在教堂的犄角上。

圣彼得堂两边的列柱回廊像两只胳膊拥抱着圣彼得圆场；留下一个口子，却又像个玦。场中央是一座埃及的纪功方尖柱，左右各有大喷泉。那两道回廊是十七世纪时亚历山大第三所造，成于倍里尼（Bernini）之手。廊子里有四排多力克式石柱，共二百八十四根；顶上前后都有阑干，前面阑干上并有许多小雕像。场左右地上有两块圆石头，站在上面看同一边的廊子，觉得只有一排柱子，气魄更雄伟了。这个圆场外有一道弯弯的白石线，便是梵谛冈与意大利的分界。教皇每年复活节站在圣彼得堂的露台上为人民祝福，这个场子内外据说是拥挤不堪的。

圣保罗堂在南城外，相传是圣保罗葬地的遗址，也是柱子好。门前一个方院子，四面廊子里都是些整块石头凿出来的大柱子，比圣彼得的两道廊子却质朴得多。教堂里面也简单空廓，没有什么东西。但中间那八十根花岗石的柱子，和尽头处那六根蜡石的柱子，纵横地排着，看上去仿佛到了人迹罕至的远古的森林里。柱子上头墙上，周围安着嵌石的历代教皇像，一律圆框子。教堂旁边另有一个小柱廊，是十二世纪造的。这座廊子围着一所方院子，在低低的墙基上排着两层各色各样的细柱子——有些还嵌着金色玻璃块儿。这座廊子精工可以说像湘绣，秀美却又像王羲之的书法。

在城中心的威尼斯方场上巍然蹯踞着的，是也马奴儿第二的纪功廊。这是近代意大利的建筑，不缺少力量。一道弯弯的长廊，在高大的石基上。前面三层石级：第一层在中间，第二三层分开左右两道，通到廊子两头。这座廊子左右上下都匀称，中间又有那一弯，便兼有动静之美了。从廊前列柱间看到暮色中的罗马全城，觉得幽远无穷。

罗马艺术的宝藏自然在梵谛冈宫；卡辟多林博物院中也有一些，但比起梵谛冈来就太少了。梵谛冈有好几个雕刻院，收藏约有四千件，著名的《拉奥孔》（*Laocoön*）便在这里。画院藏画五十幅，都是精品，拉飞尔的《基督现身图》是其中之一，现在却因修理关着。梵谛冈的壁画极精彩，多是拉飞尔和他门徒的手笔，为别处所不及。有四间拉飞尔室和一些廊子，里面满是他们的东西。拉飞尔由此得名。他是乌尔比奴人，父亲是诗人兼画家。他到罗马后，极为人所爱重，大家都要教他画；他忙不过来，只好收些门徒作助手。他的特长在画人体。这是实在的人，肢体圆满而结实，有肉有骨头。这自然受了些佛罗伦司派的影响，但大半还是他的天才。他对于气韵，远近，大小与颜色也都有敏锐的感觉，所以成为大家。他在罗马住的屋子还在，坟在国葬院里。歇司丁堂与拉飞尔室齐名，也在宫内。这个神堂是十五世纪时歇司土司第四造的，长一百三十三英尺，宽四十五英尺。两旁墙的上部，都由佛罗伦司派画家装饰，有波铁乞利在内。屋顶的画满都是密凯安杰罗的，歇司丁堂著名在此。密凯安杰罗是佛罗伦司派的极峰。他不多作画，一生精华都在这里。他画这屋顶时候，以深沉肃穆的心情渗入画中。他的构图里气韵流动着，形体的勾勒也自然灵妙，还有那雄伟出尘的风度，都是他独具的好处。堂中祭坛的墙上也是他的大画，叫做《最后的审判》。这幅壁画是以后多年画的，费了他七年工夫。

罗马城外有好几处隧道，是一世纪到五世纪时候基督教徒挖下来做墓穴的，但也用作敬神的地方。尼罗搜杀基督教徒，他们往往避难于此。最值得看的是圣卡里斯多隧道；那儿还有一种热诚花，十二瓣，据说是代表十二使徒的。我们看的是圣赛巴司提亚堂底下的那一处；大家点了小蜡烛下去。曲曲折折的狭路，两旁是大大小小深深浅浅的墓穴；现在自然是空的，可是有时还看见些零星的白骨。有一处据说圣彼得住过，成了龛堂，壁上画得很好。别处也还有些壁画的残迹。这个隧道似乎有四层，占的地方也不小。圣赛巴司提亚堂里保存着一块石头，上有大脚印两个；他们说是耶稣基督的，现在供养在神龛里。另一个教堂也供着这么一块石头，据说是仿本。

缧绁堂建于第五世纪，专为供养拴过圣彼得的一条铁练子。现在这条练子还好好的在一个精美的龛子里。堂中周理乌司第二纪念碑上有密凯安杰罗雕的几座像；摩西像尤为著名。那种原始的坚定的精神和勇猛的力量从眉目上，胡须上，胳膊上，手上，腿上，处处透露出来，教你觉得见着了一个伟大的人。又有个阿拉古里堂，中有圣婴像。这个圣婴自然便是耶稣基督；是十五世纪耶路撒冷一个教徒用橄榄木雕的。他带它到罗马，供养在这个堂里。四方来许愿的很多，据说非常灵验；它身上密层层地挂着许多金银饰器都是人家还愿的。还有好些信写给它，表示敬慕的意思。

罗马城西南角上，挨着古城墙，是英国坟场或叫做新教坟场。这里边葬的大都是艺术家与诗人，所以来参谒来凭吊的意大利人和别国的人终日不绝。就中最有名的自然是十九世纪英国浪漫诗人雪莱与济兹的墓。雪莱的心葬在英国，他的遗灰在这儿。墓在古城墙下斜坡上，盖有一块长方的白石；第一行刻着“心中心”，下面两行是生卒年月，再下三行是莎士比亚《风暴》中的仙歌。

彼无毫毛损，

海涛变化之，

从此更神奇。

好在恰恰关合雪莱的死和他的为人。济兹墓相去不远，有墓碑，上面刻着道：

这座坟里是

英国一位少年诗人的遗体；

他临死时候，

想着他仇人们的恶势力，

痛心极了，叫将下面这一句话

刻在他的墓碑上：

“这儿躺着一个人，

他的名字是用水写的。”

末一行是速朽的意思；但他的名字正所谓“不废江河万古流”，又岂是当时人所料得到的。后来有人别作新解，根据这一行话做了一首诗，连济兹的小像一块儿刻铜嵌在他墓旁墙上。这首诗的原文是很有风趣的。

济兹名字好，

说是水写成；

一点一滴水，

后人的泪痕——

英雄枯万骨，

难如此感人。

安睡吧，

陈词虽挂漏，
高风自峥嵘。

这座坟场是罗马富有诗意的一角；有些爱罗马的人虽不死在意大利也会遗嘱葬在这座“永远的城”的永远的一角里。

论青年

冯友兰先生在《新事论·赞中华》篇里第一次指出现在一般人对于青年的估价超过老年之上。这扼要的说明了我们的时代。这是青年时代,而这时代该从五四运动开始。从那时起,青年人才抬起了头,发现了自己,不再仅仅的做祖父母的孙子,父母的儿子,社会的小孩子。他们发现了自己,发现了自己的群,发现了自己和自己的群的力量。他们跟传统斗争,跟社会斗争,不断的在争取自己领导权甚至社会领导权,要名副其实的做新中国的主人。但是,像一切时代一切社会一样,中国的领导权掌握在老年人和中年人的手里,特别是中年人的手里。于是乎来了青年的反抗,在学校里反抗师长,在社会上反抗统治者。他们反抗传统和纪律,用怠工,有时也用挺击。中年统治者记得五四以前青年的沉静,觉着现在青年爱捣乱,惹麻烦,第一步打算压制下去。可是不成。于是乎敷衍下去。敷衍到了难以收拾的地步,来了集体训练,开出新局面,可是还得等着瞧呢。

青年反抗传统,反抗社会,自古已然,只是一向他们低头受压,使不出大力气,见得沉静罢了。家庭里父代和子代闹别扭是常见的,正是压制与反抗的征象。政治上也有老少两代的斗争,汉朝的贾谊到戊戌六君子,例子并不少。中年人总是在统治的地位,老年人势力足以影响他们的地位时,就是老年时代,青年人势力足以影响他们的地位时,就是青年时代。老年和青年的势力互为消长,中年人却总是在位,因此无所谓中年时代。老年人在衰朽,是过去,青年人还幼稚,是将来,占有现在的只是中年人。他们一面得安慰老年人,培植青年人,一面也在讥笑前者,烦厌后者。安慰还是顺的,培植却常是逆的,所以更难。培植是凭中年人的学识经验做标准,大致要养成有为有守爱人爱物的中国人。青年却恨这种切近的典型的标准妨碍他们飞跃的理想。他们不甘心在理想还未疲倦的时候就被压进典型里去,所以总是挣扎着,在憧憬那海阔天空的境界。中年人不能了解青年人为什么总爱旁逸斜出不走正路,说是时代病。其实这倒是成德达材的大路;压迫着,挣扎着,材德的达成就在这两种力的平衡里。这两种力永恒的一步步平衡着,自古已然,不过现在更其表面化罢了。

青年人爱说自己是“天真的”,“纯洁的”。但是看看这时代,老练的青年可真不少。老练却只是工于自谋,到了临大事,决大疑,似乎又见得幼稚了。青年要求进步,要求改革,自然很好,他们有的是奋斗的力量。不过大处着眼难,小处下手易,他们的饱满的精力也许终于只用在自己的物质的改革跟进步上;于是骄奢淫逸,无所不为,有利无义,有我无人。中年里原也不缺少这种人,效率却赶不上青年的大。眼光小还可以有一步路,便是做自了汉,得过且过的活下去;或者更退一步,遇事消极,马马虎虎对付着,一点不认真。中年人这两种也够多的。可是青年时就染上这些习气,未老先衰,不免更教人毛骨悚然。所幸青年人容易回头,“浪子回头金不换”,不像中年人往往将错就错,一直沉到底里去。

青年人容易脱胎换骨改样子，是真可以自负之处；精力足，岁月长，前路宽，也是真可以自负之处。总之可能多。可能多倚仗就大，所以青年人狂。人说青年时候不狂，什么时候才狂？不错。但是这狂气到时候也得收拾一下，不然会忘其所以的。青年人爱讽刺，冷嘲热骂，一学就成，挥之不去；但是这只足以取快一时，久了也会无聊起来的。青年人骂中年人逃避现实，圆通，不奋斗，妥协，自有他们的道理。不过青年人有时候让现实笼罩住，伸不出头，张不开眼，只模糊的看到面前一段儿路，真是“前不见古人，后不见来者”。这又是小处。若是能够偶然到所谓“世界外之世界”里歇一下脚，也许可以将自己放大些。青年也有时候偏执不回，过去一度以为读书就不能救国就是的。那时蔡孑民先生却指出“读书不忘救国，救国不忘读书”。这不是妥协，而是一种权衡轻重的圆通观。懂得这种圆通，就可以将自己放平些。能够放大自己，放平自己，才有真正的“工作与严肃”，这里就需要奋斗了。

蔡孑民先生不愧人师，青年还是需要人师。用不着满口仁义道德，道貌岸然，也用不着一手摊经，一手握剑，只要认真而亲切的服务，就是人师。但是这些人得组织起来，通力合作。讲情理，可是不敷衍，重诱导，可还归到守法上。不靠婆婆妈妈气去乞怜青年人，不靠甜言蜜语去买好青年人，也不靠刀子手枪去示威青年人。只言行一致后先一致的按着应该做的放胆放手做去。不过基础得打在学校里；学校不妨尽量社会化，青年训练却还是得在学校里。学校好像实验室，可以严格地计划着进行一切，可不是温室，除非让它堕落到那地步。训练该注重集体的，集体训练好，个体也会改样子。人说教师只消传授知识就好，学生做人，该自己磨练去。但是得先有集体训练，教青年有胆量帮助人,制裁人,然后才可以让他们自己磨练去。这种集体训练的大任,得教师担当起来。现行的导师只注重个别指导,琐碎而难实践,不如缓办,让大家集中精力到集体训练上。学校以外倒是先有了集中训练。从集中军训起头,跟着来了各种训练班。前者似乎太单纯了,效果和预期差不多,后者好像还差不多。不过训练班至多只是百尺竿头更进一步,培植根基还得在学校里。在青年时代,学校的使命更重大了,中年教师的责任也更重大了,他们得任劳任怨地领导一群群青年人走上那成德达材的大路。

论别人

有自己才有别人，也有别人才有自己。人人都懂这个道理，可是许多人不能行这个道理。本来自己以外都是别人，可是有相干的，有不相干的。可以说是“我的”那些，如我的父母妻子，我的朋友等，是相干的别人，其余的是不相干的别人。相干的别人和自己合成家族亲友；不相干的别人和自己合成社会国家。自己也许愿意只顾自己，但是自己和别人是相对的存在，离开别人就无所谓自己，所以他得顾到家族亲友，而社会国家更要他顾到那些不相干的别人。所以“自了汉”不是好汉，“自顾自”不是好话，“自私自利”，“不顾别人死活”，“只知有己，不知有人”的，更都不是好人。所以孔子之道只是个忠恕：忠是己之所欲，以施于人，恕是“己所不欲，勿施于人”。这是一件事的两面，所以说“一以贯之”。孔子之道，只是教人为别人着想。

可是儒家有“亲亲之杀”的话，为别人着想也有个层次。家族第一，亲戚第二，朋友第三，不相干的别人挨边儿。几千年来顾家族是义务，顾别人多多少少只是义气；义务是分内，义气是分外。可是义务似乎太重了，别人压住了自己。这才来了五四时代。这是个自我解放的时代，个人从家族的压迫下挣出来，开始独立在社会上。于是乎自己第一，高于一切，对于别人，几乎什么义务也没有了似的。可是又都要改造社会，改造国家，甚至于改造世界，说这些是自己的责任。虽然是责任，却是无限的责任，爱尽不尽，爱尽多少尽多少；反正社会国家世界都可以只是些抽象名词，不像一家老小在张着嘴等着你。所以自己顾自己，在实际上第一，兼顾社会国家世界，在名义上第一。这算是义务。顾到别人，无论相干的不相干的，都只是义气，而且是客气。这些解放了的，以及生得晚没有赶上那种压迫的人，既然自己高于一切，别人自当不在眼下，而居然顾到别人，自当算是客气。其实在这些天之骄子各自的眼里，别人都似乎为自己活着，都得来供养自己才是道理。"我爱我"成为风气，处处为自己着想，说是"真"；为别人着想倒说是"假"，是"虚伪"。可是这儿"假"倒有些可爱，"真"倒有些可怕似的。

为别人着想其实也只是从自己推到别人，或将自己当作别人，和为自己着想并无根本的差异。不过推己及人，设身处地，确需要相当的勉强，不像"我爱我"那样出于自然。所谓"假"和"真"大概是这种意思。这种"真"未必就好，这种"假"也未必就是不好。读小说看戏，往往会为书中人戏中人捏一把汗，掉眼泪，所谓替古人担忧。这也是推己及人，设身处地；可是因为人和地只在书中戏中，并非实有，没有利害可计较，失去相干的和不相干的那分别，所以"推""设"起来，也觉自然而然。作小说的演戏的就不能如此，得观察，揣摩，体贴别人的口气，身份，心理，才能达到"逼真"的地步。特别是演戏，若不能忘记自己，那非糟不可。这个得勉强自己，训练自己；训练越好，越"逼真"，越美，越能感染读者和观众。如果"真"是"自然"，小说的读者，戏剧的观众那样为别人着想，似乎不能说是"假"。小说的作者，戏剧的演员的观察，揣摩，体贴，似乎“假”，可是他们能以达到“逼真”的地步，所求的还是“真”。在文艺里为别人着想是“真”，在实生活里却说是“假”，“虚伪”，似乎是利害的计较使然；利害的计较是骨子，“真”，“假”，“虚伪”只是好看的门面罢了。计较利害过了分，真是像法朗士说的“关闭在自己的牢狱里”；老那么关闭着，非死不可。这些人幸而还能读小说看戏，该仔细吟味，从那里学习学习怎样为别人着想。

五四以来，集团生活发展。这个那个集团和家族一样是具体的，不像社会国家有时可以只是些抽象名词。集团生活将原不相干的别人变成相干的别人，要求你也训练你顾到别人，至少是那广大的相干的别人。集团的约束力似乎一直在增强中，自己不得不为别人着想。那自己第一，自己高于一切的信念似乎渐渐低下头去了。可是来了抗战的大时代。抗战的力量无疑的出于二十年来集团生活的发展。可是抗战以来，集团生活发展的太快了，这儿那儿不免有多少还不能够得着均衡的地方。个人就又出了头，自己就又可以高于一切；现在却不说什么“真”和“假”了，只凭着神圣的抗战的名字做那些自私自利的事，名义上是顾别人，实际上只顾自己。自己高于一切，自己的集团或机关也就高于一切；自己肥，自己机关肥，别人瘦，别人机关瘦，乐自己的，管不着！——瘦瘪了，饿死了，活该！相信最后的胜利到来的时候，别人总会压下那些猖獗的卑污的自己的。这些年自己实在太猖獗了，总盼望压下它的头去。自然，一个劲儿顾别人也不一定好。仗义忘身，急人之急，确是英雄好汉，但是难得见。常见的不是敷衍妥协的乡愿，就是卑屈甚至谄媚的可怜虫，这些人只是将自己丢进了垃圾堆里！可是，有人说得好，人生是个比例问题。目下自己正在张牙舞爪的，且头痛医头，脚痛医脚，先来多想想别人罢!

《文聚》,1943 年。

论自己

翻开辞典，“自”字下排列着数目可观的成语，这些“自”字多指自己而言。这中间包括着一大堆哲学，一大堆道德，一大堆诗文和废话，一大堆人，一大堆我，一大堆悲喜剧。自己“真乃天下第一英雄好汉”，有这么些可说的，值得说值不得说的！难怪纽约电话公司研究电话里最常用的字，在五百次通话中会发现三千九百九十次的“我”。这“我”字便是自己称自己的声音，自己给自己的名儿。

自爱自怜！真是天下第一英雄好汉也难免的，何况区区寻常人！冷眼看去，也许只觉得那枉自尊大狂妄得可笑；可是这只见了真理的一半儿。掉过脸儿来，自爱自怜确也有不得不自爱自怜的。幼小时候有父母爱怜你，特别是有母亲爱怜你。到了长大成人，“娶了媳妇儿忘了娘”，娘这样看时就不必再爱怜你，至少不必再像当年那样爱怜你。——女的呢，“嫁出门的女儿，泼出门的水”；做母亲的虽然未必这样看，可是形格势禁而且鞭长莫及，就是爱怜得着，也只算找补点罢了。爱人该爱怜你？然而爱人们的嘴一例是甜蜜的，谁能说“你泥中有我，我泥中有你！”真有那么回事儿？赶到爱人变了太太，再生了孩子，你算成了家，太太得管家管孩子，更不能一心儿爱怜你。你有时候会病,“久病床前无孝子”,太太怕也够倦的,够烦的。住医院?好,假如有运气住到像当年北平协和医院样的医院里去,倒是比家里强得多。但是护士们看护你,是服务,是工作;也许夹上点儿爱怜在里头,那是“好生之德”,不是爱怜你,是爱怜“人类”。——你又不能老呆在家里,一离开家,怎么着也算“作客”;那时候更没有爱怜你的。可以有朋友招呼你;但朋友有朋友的事儿,哪能教他将心常放在你身上?可以有属员或仆役伺候你,那——说得上是爱怜么?总而言之,天下第一爱怜自己的,只有自己;自爱自怜的道理就在这儿。

再说,“大丈夫不受人怜。”穷有穷干,苦有苦干;世界那么大,凭自己的身手,哪儿就打不开一条路?何必老是向人愁眉苦脸唉声叹气的!愁眉苦脸不顺耳,别人会来爱怜你?自己免不了伤心的事儿,咬紧牙关忍着,等些日子,等些年月,会平静下去的。说说也无妨,只别不拣时候不看地方老是向人叨叨,叨叨得谁也不耐烦的岔开你或者躲开你。也别怨天怨地将一大堆感叹的句子向人身上扔过去。你怨的是天地,倒碍不着别人,只怕别人奇怪你的火气怎么这样大。——自己也免不了吃别人的亏。值不得计较的,不做声吞下肚去。出入大的想法子复仇,力量不够,卧薪尝胆的准备着。可别这儿那儿尽嚷嚷——嚷嚷完了一扔开,倒便宜了那欺负你的人。“好汉胳膊折了往袖子里藏”,为的是不在人面前露怯相,要人爱怜这“苦人儿”似的,这是要强,不是装。说也怪,不受人怜的人倒是能得人怜的人;要强的人总是最能自爱自怜的人。

大丈夫也罢,小丈夫也罢,自己其实是渺乎其小的,整个儿人类只是一个小圆球上一些碳水化合物,像现代一位哲学家说的,别提一个人的自己了。庄子所谓马体一毛,其实还是放大了看的。英国有一家报纸登过一幅漫画,画着一个人,仿佛在一间铺子里,周遭陈列着从他身体里分析出来的各种原素,每种标明分量和价目,总数是五先令——那时合七元钱。现在物价涨了,怕要合国币一千元了罢?然而,个人的自己也就值区区这一千元儿!自己这般渺小,不自爱自怜着点又怎么着!然而,“顶天立地”的是自己,“天地与我并生,万物与我为一”的也是自己;有你说这些大处只是好听的话语,好看的文句?你能愣说这样的自己没有!有这么的自己,岂不更值得自爱自怜的?再说自己的扩大,在一个寻常人的生活里也可见出。且先从小处看。小孩子就爱搜集各国的邮票,正是在扩大自己的世界。从前有人劝学世界语,说是可以和各国人通信。你觉得这话幼稚可笑?可是这未尝不是扩大自己的一个方向。再说这回抗战,许多人都走过了若干地方,增长了若干阅历。特别是青年人身上,你一眼就看出来,他们是和抗战前不同了,他们的自己扩大了。——这样看,自己的小,自己的大,自己的由小而大。在自己都是好的。

自己都觉得自己好,不错;可是自己的确也都爱好。做官的都爱做好官,不过往往只知道爱做自己家里人的好官,自己亲戚朋友的好官;这种好官往往是自己国家的贪官污吏。做盗贼的也都爱做好盗贼——好喽啰,好伙伴,好头儿,可都只在贼窝里。有大好,有小好,有好得这样坏。自己关闭在自己的丁点大的世界里,往往越爱好越坏。所以非扩大自己不可。但是扩大自己得一圈儿一圈儿的,得充实,得踏实。别像肥皂泡儿,一大就裂。“大丈夫能屈能伸”,该屈的得屈点儿,别只顾伸出自己去。也得估计自己的力量。力量不够的话,“人一能之,己百之,人十能之,己千之”;得寸是寸,得尺是尺。总之路是有的。看得远,想得开,把得稳;自己是世界的时代的一环,别脱了节才真算好。力量怎样微弱,可是是自己的。相信自己,靠自己,随时随地尽自己的一份儿往最好里做去,让自己活得有意思,一时一刻一分一秒都有意思。这么着,自爱自怜才真是有道理的。

《人世间》,1942 年。

蒙自杂记

我在蒙自住过五个月，我的家也在那里住过两个月。我现在常常想起这个地方，特别是在人事繁忙的时候。

蒙自小得好，人少得好。看惯了大城的人，见了蒙自的城圈儿会觉得像玩具似的，正像坐惯了普通火车的人，乍踏上个碧石小火车，会觉得像玩具似的一样。但是住下来，就渐渐觉得有意思。城里只有一条大街，不消几趟就走熟了。书店，文具店，点心店，电筒店，差不多闭了眼可以找到门儿。城外的名胜去处，南湖，湖里的崧岛，军山，三山公园，一下午便可走遍，怪省力的。不论城里城外，在路上走，有时候会看不见一个人。整个儿天地仿佛是自己的；自我扩展到无穷远，无穷大。这教我想起了台州和白马湖，在那两处住的时候，也有这种静味。

大街上有一家卖糖粥的，带着卖煎粑粑。桌子凳子乃至碗匙等都很干净，又便宜，我们联大师生照顾的特别多。掌柜是个四川人，姓雷，白发苍苍的。他脸上常挂着微笑，却并不是巴结顾客的样儿。他爱点古玩什么的，每张桌子上，竹器瓷器占着一半儿；糖粥和粑粑便摆在这些桌子上吃。他家里还藏着些“精品”，高兴的时候，会特地去拿来请顾客赏玩一番。老头儿有个老伴儿，带一个伙计，就这么活着，倒也自得其乐。我们管这个铺子叫“雷稀饭”，管那掌柜的也叫这名儿；他的人缘儿是很好的。

城里最可注意的是人家的门对儿。这里许多门对儿都切合着人家的姓。别地方固然也有这么办的，但没有这里的多。散步的时候边看边猜，倒很有意思。但是最多的是抗战的门对儿。昆明也有，不过按比例说，怕不及蒙自的多；多了，就造成一种氛围气，叫在街上走的人不忘记这个时代的这个国家。这似乎也算利用旧形式宣传抗战建国，是值得鼓励的。眼前旧历年就到了，这种抗战春联，大可提倡一下。

蒙自的正式宣传工作，除党部的标语外，教育局的努力，也值得记载。他们将一座旧戏台改为演讲台，又每天张贴油印的广播消息。这都是有益民众的。他们的经费不多，能够逐步做去，是很有希望的。他们又帮忙北大的学生办了一所民众夜校。报名的非常踊跃，但因为教师和座位的关系，只收了二百人。夜校办了两三个月，学生颇认真，成绩相当可观。那时蒙自的联大要搬到昆明来，便只得停了。教育局长向我表示很可惜；看他的态度，他说的是真心话。蒙自的民众相当的乐意接受宣传。联大的学生曾经来过一次灭蝇运动。四五月间蒙自苍蝇真多。有一位朋友在街上笑了一下，一张口便飞进一个去。灭蝇运动之后，街上许多食物铺子，备了冷布罩子，虽然简陋，不能不说是进步。铺子的人常和我们说，“这是你们来了之后才有的呀。”可见他们是很虚心的。

蒙自有个火把节，四乡是在阴历六月二十四晚上，城里是二十五晚上。那晚上城里人家都在门口烧着芦秆或树枝，一处处一堆堆熊熊的火光，围着些男男女女大人小孩；孩子们手里更提着烂布浸油的火球儿晃来晃去的，跳着叫着，冷静的城顿然热闹起来。这火是光，是热，是力量，是青年。四乡地方空阔，都用一棵棵小树烧；想像着一片茫茫的大黑暗里涌起一团团的热火，光景够雄伟的。四乡那些夷人，该更享受这个节，他们该更热烈的跳着叫着罢。这也许是个祓除节，但暗示着生活力的伟大，是个有意义的风俗；在这抗战时期，需要鼓舞精神的时期，它的意义更是深厚。

南湖在冬春两季水很少，有一半简直干得不剩一点二滴儿。但到了夏季，涨得溶溶滟滟的，真是返老还童一般。湖堤上种了成行的由加利树；高而直的干子，不差什么也有“参天”之势。细而长的叶子，像惯于拂水的垂杨，我一站到堤上禁不住想到北平的什刹海。再加上崧岛那一带田田的荷叶，亭亭的荷花，更像什刹海了。崧岛是个好地方，但我看还不如三山公园曲折幽静。这里只有三个小土堆儿。几个朴素小亭儿。可是回旋起伏，树木掩映，这儿那儿更点缀着一些石桌石墩之类；看上去也罢，走起来也罢，都让人有点余味可以咀嚼似的。这不能不感谢那位李崧军长。南湖上的路都是他的军士筑的，崧岛和军山也是他重新修整的；而这个小小的公园，更见出他的匠心。这一带他写的匾额很多。他自然不是书家，不过笔势瘦硬，颇有些英气。

联大租借了海关和东方汇理银行旧址，是蒙自最好的地方。海关里高大的由加利树，和一片软软的绿草是主要的调子，进了门不但心胸一宽，而且周身觉得润润的。树头上好些白鹭，和北平太庙里的“灰鹤”是一类，北方叫做“老等”。那洁白的羽毛，那伶俐的姿态，耐人看，一清早看尤好。在一个角落里有一条灌木林的甬道，夜里月光从叶缝里筛下来，该是顶有趣的。另一个角落长着些芒果树和木瓜树，可惜太阳力量不够，果实结得不肥，但沾着点热带味，也叫人高兴。银行里花多，遍地的颜色，随时都有，不寂寞。最艳丽的要数叶子花。花是浊浓的紫，脉络分明活像叶，一丛丛的，一片片的，真是“浓得化不开”。花开的时候真久。我们四月里去，它就开了，八月里走，它还没谢呢。

1939年4月30日，《新云南》第三期。

飞

我从昆明到重庆是飞的。人们总羡慕海阔天空，以为一片茫茫，无边无界，必然大有可观。因此以为坐海船坐飞机是“不亦快哉!”其实也未必然。晕船晕机之苦且不谈，就是不晕的人或不晕的时候，所见虽大，也未必可观。海洋上见的往往是一片汪洋，水，水，水。当然有浪，但是浪小了无可看，大了无法看——那时得躲进舱里去。船上看浪，远不如岸上，更不如高处。海洋里看浪，也不如江湖里，海洋里只是水，只是浪，显不出那大气力。江湖里有的是遮遮碍碍的，山哪，城哪，什么的，倒容易见出一股劲儿。“江间波浪兼天涌”为的是巫峡勒住了江水;“波撼岳阳城”，得有那岳阳城，并且得在那岳阳城楼上看。

不错，海洋里可以看日出和日落，但是得有运气。日出和日落全靠云霞烘托才有意思。不然，一轮呆呆的日头简直是个大傻瓜！云霞烘托虽也常有，但往往淡淡的，懒懒的，那还是没意思。得浓，得变，一眨眼一个花样，层出不穷，才有看头。这是可遇而不可求的。平生只见过两回的落日，都在陆上，不在水里。水里看见的，日出也罢，日落也罢，只是些傻瓜而已。这种奇观若是有意为之，大概白费气力居多。有一次大家在衡山上看日出，起了个大清早等着。出来了,出来了,有些人跳着嚷着。那时一丝云彩没有,日光直射,教人睁不开眼,不知那些人看到了些什么,那么跳跳嚷嚷的。许是在自己催眠吧。自然,海洋上也有美丽的日落和日出,见于记载的也有。但是得有运气,而有运气的并不多。

赞叹海的文学,描摹海的艺术,创作者似乎是在船里的少,在岸上的多。海太大太单调,真正伟大的作家也许可以单刀直入,一般离了岸却掉不出枪花来,像变戏法的离开了道具一样。这些文学和艺术引起未曾航海的人许多幻想,也给予已经航海的人许多失望。天空跟海一样,也大也单调。日月星的,云霞的文学和艺术似乎不少,都是下之视上,说到整个儿天空的却不多。星空,夜空还见点儿,昼空除了"青天""明蓝的晴天"或"阴沉沉的天"一类词儿之外,好像再没有什么说的。但是初次坐飞机的人虽无多少文学艺术的背景帮助他的想象,却总还有那"天宽任鸟飞"的想象;加上别人的经验,上之视下,似乎不只是苍苍而已,也有那翻腾的云海,也有那平铺的锦绣。这就够揣摩的。

但是坐过飞机的人觉得也不过如此,云海飘飘拂拂的弥漫了上下四方,的确奇。可是高山上就可以看见;那可以是云海外看云海,似乎比飞机上云海中看云海还清切些。苏东坡说得好:"不识庐山真面目,只缘身在此山中。"飞机上看云,有时却只像一堆堆破碎的石头,虽也算得天上人间,可是我们还是愿看流云和停云,不愿看那死云,那荒原上的乱石堆。至于锦绣平铺,大概是有的,我却还未眼见。我只见那"亚洲第一大水扬子江"可怜得像条臭水沟似的。城市像地图模型,房屋像儿童玩具,也多少给人滑稽感。自己倒并不觉得怎样藐小,却只不明白自己是什么玩意儿。假如在海船里有时会觉得自己是傻子，在飞机上有时便会觉得自己是丑角吧。然而飞机快是真的，两点半钟，到重庆了，这倒真是个"不亦快哉"！

1944 年 9 月

论气节

气节是我国固有的道德标准,现代还用着这个标准来衡量人们的行为,主要的是所谓读书人或士人的立身处世之道。但这似乎只在中年一代如此,青年一代倒像不大理会这种传统的标准,他们在用着正在建立的新的标准,也可以叫做新的尺度。中年一代一般的接受这传统,青年一代却不理会它,这种脱节的现象是这种变的时代或动乱时代常有的。因此就引不起什么讨论。直到近年,冯雪峰先生才将这标准这传统作为问题提出,加以分析和批判:这是在他的《乡风与市风》那本杂文集里。

冯先生指出"士节"的两种典型:一是忠臣,一是清高之士。他说后者往往因为脱离了现实,成为"为节而节"的虚无主义者,结果往往会变了节。他却又说"士节"是对人生的一种坚定的态度,是个人意志独立的表现。因此也可以成就接近人民的叛逆者或革命家,但是这种人物的造就或完成,只有在后来的时代,例如我们的时代。冯先生的分析,笔者大体同意;对这个问题笔者近来也常常加以思索,现在写出自己的一些意见,也许可以补充冯先生所没有说到的。

气和节似乎原是两个各自独立的意念。《左传》上有"一鼓作气"的话,是说战斗的。后来所谓“士气”就是这个气,也就是“斗志”;这个“士”指的是武士。孟子提倡的“浩然之气”,似乎就是这个气的转变与扩充。他说“至大至刚”,说“养勇”,都是带有战斗性的。“浩然之气”是“集义所生”,“义”就是“有理”或“公道”。后来所谓“义气”,意思要狭隘些,可也算是“浩然之气”的分支。现在我们常说的“正义感”,虽然特别强调现实,似乎也还可以算是跟“浩然之气”联系着的。至于文天祥所歌咏的“正气”,更显然跟“浩然之气”一脉相承。不过在笔者看来两者却并不完全相同,文氏似乎在强调那消极的节。

节的意念也在先秦时代就有了,《左传》里有“圣达节,次守节,下失节”的话。古代注重礼乐,乐的精神是“和”,礼的精神是“节”。礼乐是贵族生活的手段,也可以说是目的。他们要定等级,明分际,要有稳固的社会秩序,所以要“节”,但是他们要统治,要上统下,所以也要“和”。礼以“节”为主,可也得跟“和”配合着;乐以“和”为主,可也得跟“节”配合着。节跟和是相反相成的。明白了这个道理,我们可以说所谓“圣达节”等等的“节”,是从礼乐里引申出来成了行为的标准或做人的标准;而这个节其实也就是传统的“中道”。按说“和”也是中道,不同的是“和”重在合,“节”重在分;重在分所以重在不犯不乱,这就带上消极性了。

向来论气节的,大概总从东汉末年的党祸起头。那是所谓处士横议的时代。在野的士人纷纷的批评和攻击宦官们的贪污政治,中心似乎在太学。这些在野的士人虽然没有严密的组织,却已经在联合起来,并且博得了人民的同情。宦官们害怕了,于是乎逮捕拘禁那些领导人。这就是所谓“党锢”或“钩党”,“钩”是“钩连”的意思。从这两个名称上可以见出这是一种群众的力量。那时逃亡的党人,家家愿意收容着,所谓“望门投止”,也可以见出人民的态度,这种党人,大家尊为气节之士。气是敢作敢为,节是有所不为——有所不为也就是不合作。这敢作敢为是以集体的力量为基础的,跟孟子的“浩然之气”与世俗所谓“义气”只注重领导者的个人不一样。后来宋朝几千太学生请愿罢免奸臣,以及明朝东林党的攻击宦官,都是集体运动,也都是气节的表现。但是这种表现里似乎积极的“气”更重于消极的“节”。

在专制时代的种种社会条件之下,集体的行动是不容易表现的,于是士人的立身处世就偏向了“节”这个标准。在朝的要做忠臣。这种忠节或是表现在冒犯君主尊严的直谏上,有时因此牺牲性命;或是表现在不做新朝的官甚至以身殉国上。忠而至于死,那是忠而又烈了。在野的要做清高之士,这种人表示不愿和在朝的人合作,因而游离于现实之外;或者更逃避到山林之中,那就是隐逸之士了。这两种节,忠节与高节,都是个人的消极的表现。忠节至多造就一些失败的英雄,高节更只能造就一些明哲保身的自了汉,甚至于一些虚无主义者。原来气是动的,可以变化。我们常说志气,志是心之所向,可以在四方,可以在千里,志和气是配合着的。节却是静的,不变的;所以要“守节”,要不“失节”。有时候节甚至于是死的,死的节跟活的现实脱了榫,于是乎自命清高的人结果变了节,冯雪峰先生论到周作人,就是眼前的例子。从统治阶级的立场看,“忠言逆耳利于行”,忠臣到底是卫护着这个阶级的,而清高之士消纳了叛逆者,也是有利于这个阶级的。所以宋朝人说“饿死事小,失节事大”,原先说的是女人,后来也用来说士人,这正是统治阶级代言人的口气,但是也表示着到了那时代士的个人地位的增高和责任的加重。

“士”或称为“读书人”，是统治阶级最下层的单位，并非“帮闲”。他们的利害跟君相是共同的，在朝固然如此，在野也未尝不如此。固然在野的处士可以不受君臣名分的束缚，可以“不事王侯，高尚其事”，但是他们得吃饭，这饭恐怕还得靠农民耕给他们吃，而这些农民大概是属于他们做官的祖宗的遗产的。“躬耕”往往是一句门面话，就是偶然有个把真正躬耕的如陶渊明，精神上或意识形态上也还是在负着天下兴亡之责的士，陶的《述酒》等诗就是证据。可见处士虽然有时横议，那只是自家人吵嘴闹架，他们生活的基础一般的主要的还是在农民的劳动上，跟君主与在朝的大夫并无两样，而一般的主要的意识形态，彼此也是一致的。

然而士终于变质了，这可以说是到了民国时代才显著。从清朝末年开设学校，教员和学生渐渐加多，他们渐渐各自形成一个集团；其中有不少的人参加革新运动或革命运动，而大多数也倾向着这两种运动。这已是气重于节了。等到民国成立，理论上人民是主人，事实上是军阀争权。这时代的教员和学生意识着自己的主人身份，游离了统治的军阀；他们是在野，可是由于军阀政治的腐败，却渐渐获得了一种领导的地位。他们虽然还不能和民众打成一片，但是已经在渐渐的接近民众。五四运动划出了一个新时代。自由主义建筑在自由职业和社会分工的基础上。教员是自由职业者，不是官，也不是候补的官。学生也可以选择多元的职业，不是只有做官一路。他们于是从统治阶级独立，不再是“士”或所谓“读书人”，而变成了“知识分子”，集体的就是“知识阶级”。残余的“士”或“读书人”自然也还有，不过只是些残余罢了。这种变质是中国现代化的过程的一段，而中国的知识阶级在这过程中也曾尽了并且还在想尽他们的任务，跟这时代世界上别处的知识阶级一样，也分享着他们一般的运命。若用气节的标准来衡量，这些知识分子或这个知识阶级开头是气重于节，到了现在却又似乎是节重于气了。

知识阶级开头凭着集团的力量勇猛直前，打倒种种传统，那时候是敢作敢为一股气。可是这个集团并不大，在中国尤其如此，力量到底有限，而与民众打成一片又不容易，于是碰到集中的武力，甚至加上外来的压力，就抵挡不住。而一方面广大的民众抬头要饭吃，他们也没法满足这些饥饿的民众。他们于是失去了领导的地位，逗留在这夹缝中间，渐渐感觉着不自由，闹了个“四大金刚悬空八只脚”。他们于是只能保守着自己，这也算是节罢；也想缓缓的落下地去，可是气不足，得等着瞧。可是这里的是偏于中年一代。青年一代的知识分子却不如此，他们无视传统的“气节”，特别是那种消极的“节”，替代的是“正义感”，接着“正义感”的是“行动”，其实“正义感”是合并了“气”和“节”，“行动”还是“气”。这是他们的新的做人的尺度。等到这个尺度成为标准，知识阶级大概是还要变质的罢？

《知识与生活》，1947 年。

论吃饭

我们有自古流传的两句话：一是“衣食足则知荣辱”，见于《管子·牧民》篇，一是“民以食为天”，是汉朝郦食其说的。这些都是从实际政治上认出了民食的基本性，也就是说从人民方面看，吃饭第一。另一方面，告子说，“食色，性也”，是从人生哲学上肯定了食是生活的两大基本要求之一。《礼记·礼运》篇也说到“饮食男女，人之大欲存焉”，这更明白。照后面这两句话，吃饭和性欲是同等重要的，可是照这两句话里的次序，“食”或“饮食”都在前头，所以还是吃饭第一。

这吃饭第一的道理，一般社会似乎也都默认。虽然历史上没有明白的记载，但是近代的情形，据我们的耳闻目见，似乎足以教我们相信从古如此。例如苏北的饥民群到江南就食，差不多年年有。最近天津《大公报》登载的费孝通先生的《不是崩溃是瘫痪》一文中就提到这个。这些难民虽然让人们讨厌，可是得给他们饭吃。给他们饭吃固然也有一二成出于慈善心，就是恻隐心，但是八九成是怕他们，怕他们铤而走险，“小人穷斯滥矣”，什么事做不出来！给他们吃饭，江南人算是认了。

可是法律管不着他们吗？官儿管不着他们吗？干吗要怕要认呢？可是

法律不外乎人情，没饭吃要吃饭是人情，人情不是法律和官儿压得下的。没饭吃会饿死，严刑峻罚大不了也只是个死，这是一群人，群就是力量：谁怕谁！在怕的倒是那些有饭吃的人们，他们没奈何只得认点儿。所谓人情，就是自然的需求，就是基本的欲望，其实也就是基本的权利。但是饥民群还不自觉有这种权利，一般社会也还不会认清他们有这种权利；饥民群只是冲动的要吃饭，而一般社会给他们饭吃，也只是默认了他们的道理，这道理就是吃饭第一。

三十年夏天笔者在成都住家，知道了所谓"吃大户"的情形。那正是青黄不接的时候，天又干，米粮大涨价，并且不容易买到手。于是乎一群一群的贫民一面抢米仓，一面"吃大户"。他们开进大户人家，让他们煮出饭来吃了就走。这叫做"吃大户"。"吃大户"是和平的手段，照惯例是不能拒绝的，虽然被吃的人家不乐意。当然真正有势力的尤其有枪杆的大户，穷人们也识相，是不敢去吃的。敢去吃的那些大户，被吃了也只好认了。那回一直这样吃了两三天，地面上一面赶办平粜，一面严令禁止，才打住了。据说这"吃大户"是古风；那么上文说的饥民就食，该更是古风吧。

但是儒家对于吃饭却另有标准。孔子认为政治的信用比民食更重，孟子倒是以民食为仁政的根本；这因为春秋时代不必争取人民，战国时代就非争取人民不可。然而他们论到士人，却都将吃饭看做一个不足重轻的项目。孔子说，"君子固穷"，说吃粗饭，喝冷水，"乐在其中"，又称赞颜回吃喝不够，"不改其乐"。道学家称这种乐处为"孔颜乐处"，他们教人"寻孔颜乐处"，学习这种为理想而忍饥挨饿的精神。这理想就是孟子说的"穷则独善其身，达则兼善天下"，也就是所谓"节"和"道"。孟子一方面不赞成告子说的"食色,性也",一方面在论"大丈夫"的时候列入了"贫贱不能移"一个条件。战国时代的"大丈夫",相当于春秋时的"君子",都是治人的劳心的人。这些人虽然也有饿饭的时候,但是一朝得了时,吃饭是不成问题的,不像小民往往一辈子为了吃饭而挣扎着。因此士人就不难将道和节放在第一,而认为吃饭好像是一个不足重轻的项目了。

伯夷、叔齐据说反对周武王伐纣,认为以臣伐君,因此不食周粟,饿死在首阳山。这也是只顾理想的节而不顾吃饭的。配合着儒家的理论,伯夷、叔齐成为士人立身的一种特殊的标准。所谓特殊的标准就是理想的最高的标准;士人虽然不一定人人都要做到这地步,但是能够做到这地步最好。

经过宋朝道学家的提倡,这标准更成了一般的标准,士人连妇女都要做到这地步。这就是所谓"饿死事小,失节事大"。这句话原来是论妇女的,后来却扩而充之普遍应用起来,造成了无数的残酷的愚蠢的殉节事件。这正是"吃人的礼教"。人不吃饭,礼教吃人,到了这地步总是不合理的。

士人对于吃饭却还有另一种实际的看法。北宋的宋郊、宋祁兄弟俩都做了大官,住宅挨着。宋祁那边常常宴会歌舞,宋郊听不下去,教人和他弟弟说,问他还记得当年在和尚庙里咬菜根否?宋祁却答得妙:请问当年咬菜根是为什么来着!这正是所谓"吃得苦中苦,方为人上人"。做了"人上人",吃得好,穿得好,玩儿得好;"兼善天下"于是成了个幌子。照这个看法,忍饥挨饿或者吃粗饭、喝冷水,只是为了有朝一日可以大吃大喝,痛快的玩儿。吃饭第一原是人情,大多数士人恐怕正是这么在想。不过宋郊、宋祁的时代,道学刚起头,所以宋祁还敢公然表示他的享乐主义;后来士人的地位增进,责任加重,道学的严格的标准掩护着也约束着在治者地位的士人,他们大多数心里尽管那么在想,嘴里却就不敢说出。嘴里虽然不敢说出,可是实际上往往还是在享乐着。于是他们多吃多喝,就有了少吃少喝的人;这少吃少喝的自然是被治的广大的民众。

民众,尤其农民,大多数是听天由命安分守己的,他们惯于忍饥挨饿,几千年来都如此。除非到了最后关头,他们是不会行动的。他们到别处就食,抢米,吃大户,甚至于造反,都是被逼得无路可走才如此。这里可以注意的是他们不说话;"不得了"就行动,忍得住就沉默。他们要饭吃,却不知道自己应该有饭吃;他们行动,却觉得这种行动是不合法的,所以就索性不说什么话。说话的还是士人。他们由于印刷的发明和教育的发展等等,人数加多了,吃饭的机会可并不加多,于是许多人也感到吃饭难了。这就有了"世上无如吃饭难"的慨叹。虽然难,比起小民来还是容易。因为他们究竟属于治者,"百足之虫,死而不僵",有的是做官的本家和亲戚朋友,总得给口饭吃;这饭并且总比小民吃的好。孟子说做官可以让"所识穷乏者得我",自古以来做了官就有引用穷本家穷亲戚穷朋友的义务。到了民国,黎元洪总统更提出了"有饭大家吃"的话。这真是"菩萨"心肠,可是当时只当作笑话。原来这句话说在一位总统嘴里,就是贤愚不分,赏罚不明,就是糊涂。然而到了那时候,这句话却已经藏在差不多每一个士人的心里。难得的倒是这糊涂!

第一次世界大战加上五四运动,带来了一连串的变化,中华民国在一颠一拐的走着之字路,走向现代化了。我们有了知识阶级,也有了劳动阶级,有了索薪,也有了罢工,这些都在要求"有饭大家吃"。知识阶级改变了士人的面目,劳动阶级改变了小民的面目,他们开始了集体的行动;他们不能再安贫乐道了，也不能再安分守己了，他们认出了吃饭是天赋人权，公开的要饭吃，不是大吃大喝，是够吃够喝，甚至于只要有吃有喝。然而这还只是刚起头。到了这次世界大战当中，罗斯福总统提出了四大自由，第四项是“免于匮乏的自由”。“匮乏”自然以没饭吃为首，人们至少该有免于没饭吃的自由。这就加强了人民的吃饭权，也肯定了人民的吃饭的要求；这也是“有饭大家吃”，但是着眼在平民，在全民，意义大不同了。

抗战胜利后的中国，想不到吃饭更难，没饭吃的也更多了。到了今天一般人民真是不得了，再也忍不住了，吃不饱甚至没饭吃，什么礼义什么文化都说不上。这日子就是不知道吃饭权也会起来行动了，知道了吃饭权的，更怎么能够不起来行动，要求这种“免于匮乏的自由”呢？于是学生写出“饥饿事大，读书事小”的标语，工人喊出“我们要吃饭”的口号。这是我们历史上第一回一般人民公开的承认了吃饭第一。这其实比闷在心里糊涂的骚动好得多；这是集体的要求，集体是有组织的，有组织就不容易大乱了。可是有组织也不容易散；人情加上人权，这集体的行动是压不下也打不散的，直到大家有饭吃的那一天。

上海《大公报》，1947 年。

论做作

做作就是“佯”，就是“乔”，也就是“装”。苏北方言有“装佯”的话，“乔装”更是人人皆知。旧小说里女扮男装是乔装，那需要许多做作。难在装得像。只看坤角儿扮须生的，像的有几个？何况做戏还只在戏台上装，一到后台就可以照自己的样儿，而女扮男装却得成天儿到处那么看！侦探小说里的侦探也常在乔装，装得像也不易，可是自在得多。不过——难也罢，易也罢，人反正有时候得装。其实你细看，不但“有时候”，人简直就爱点儿装。“三分模样七分装”是说女人，男人也短不了装，不过不大在模样上罢了。装得像难，装得可爱更难；一番努力往往只落得个“矫揉造作！”所以“装”常常不是一个好名儿。

“一个做好，一个做歹”，小呢逼你出些码头钱，大呢就得让你去做那些不体面的尴尬事儿。这已成了老套子，随处可以看见。那做好的是装做好，那做歹的也装得格外歹些；一松一紧的拉住你，会弄得你啼笑皆非。这一套儿做作够受的。贫和富也可以装。贫寒人怕人小看他，家里尽管有一顿没一顿的，还得穿起好衣服在街上走，说话也满装着阔气，什么都不在乎似的。——所谓“苏空头”。其实“空头”也不止苏州有。——有钱人却又怕人家打他的主意,开口闭口说穷,他能特地去当点儿什么,拿当票给人家看。这都怪可怜见的。还有一些人,人面前老爱论诗文,谈学问,仿佛天生他一副雅骨头。装斯文其实不能算坏,只是未免“雅得这样俗”罢了。

有能耐的人,有权位的人有时不免“装模作样”,“装腔作势”。马上可以答应的,却得“考虑考虑”;直接可以答应的,却让你绕上几个大弯儿。论地位也只是“上不在天,下不在田”,而见客就不起身,只点点头儿,答话只喉咙里哼一两声儿。谁教你求他,他就是这么着!——“笑骂由他笑骂,好官儿什么的我自为之!”话说回来,拿身份,摆架子有时也并非全无道理。老爷太太在仆人面前打情骂俏,总不大像样,可不是得装着点儿?可是,得恰到分际,“过犹不及”。总之别忘了自己是谁!别尽拣高枝爬,一失脚会摔下来的。老想着些自己,谁都装着点儿,也就不觉得谁在装。所谓“装模作样”,“装腔作势”。却是特别在装别人的模样,别人的腔和势!为了抬举自己,装别人;装不像别人,又不成其为自己,也怪可怜见的。

“不痴不聋,不作阿姑阿翁”,有些事大概还是装聋作哑的好。倒不是怕担责任,更不是存着什么坏心眼儿。有些事是阿姑阿翁该问的,值得问的,自然得问;有些是无需他们问的,或值不得他们问的,若不痴不聋,事必躬亲,阿姑阿翁会做不成,至少也会不成其为阿姑阿翁。记得那儿说过美国一家大公司经理,面前八个电话,每天忙累不堪,另一家经理,室内没有电话,倒是从容不迫的。这后一位经理该是能够装聋作哑的人。“不闻不问”,有时候该是一句好话;“充耳不闻”,“闭目无睹”,也许可以作“无为而治”的一个注脚。其实无为多半也是装出来的。至于装作不知,那更是现代政治家外交家的惯技,报纸上随时看得见。——他们却还得勾心斗角的“做姿态”，大概不装不成其为政治家外交家罢？

装欢笑，装悲泣，装嗔，装恨，装惊慌，装镇静，都很难；固然难在像，有时还难在不像而不失自然。“小心赔笑”也许能得当局的青睐，但是旁观者在恶心。可是“强颜为欢”，有心人却领会那欢颜里的一丝苦味，假意虚情的哭泣，像旧小说里妓女向客人那样，尽管一把眼泪一把鼻涕的，也只能引起读者的微笑。——倒是那“忍泪佯低面”，教人老大不忍。佯嗔薄怒是女人的“作态”，作得恰好是爱娇，所以《乔醋》是一折好戏。爱极翻成恨，尽管“恨得人牙痒痒的”，可是还不失为爱到极处。“假意惊慌”似乎是旧小说的常语，事实上那“假意”往往露出马脚。镇静更不易，秦舞阳心上有气脸就铁青，怎么也装不成，荆轲的事，一半儿败在他的脸上。淝水之战谢安装得够镇静的，可是不觉得意忘形摔折了屐齿。所以一个人喜怒不形于色，真够一辈子半辈子装的。

《乔醋》是戏，其实凡装，凡做作，多少都带点儿戏味——有喜剧，有悲剧。孩子们爱说“假装”这个，“假装”那个，戏味儿最厚。他们认真“假装”，可是悲喜一场，到头儿无所为。成人也都认真的装，戏味儿却淡薄得多；戏是无所为的，至少扮戏中人的可以说是无所为，而人们的做作常常是有所为的。所以戏台上装得像的多，人世间装得像的少。戏台上装得像就有叫好儿的，人世间即使装得像，逗人爱也难。逗人爱的大概是比较的少有所为或只消极的有所为的。前面那些例子，值得我们吟味，而装痴装傻也许是值得重提的一个例子。

作阿姑阿翁得装儿分痴，这装是消极的有所为；“金殿装疯”也有所为，就是积极的。历来才人名士和学者，往往带几分傻气。那傻气多少有点儿装,而从一方面看,那装似乎不大有所为,至多也只是消极的有所为。陶渊明的“我醉欲眠卿且去”说是率真,是自然;可是看魏晋人的行径,能说他不带着几分装?不过装得像,装得自然罢了。阮嗣宗大醉六十日,逃脱了和司马昭做亲家,可不也一半儿醉一半儿装?他正是“喜怒不形于色”的人,而有一向当时人多说他痴,他大概是颇能做作的罢?

装睡装醉都只是装糊涂。睡了自然不说话,醉了也多半不说话——就是说话,也尽可以装疯装傻的,给他个驴头不对马嘴。郑板桥最能懂得装糊涂,他那“难得糊涂”一个警句,真喝破了千古聪明人的秘密。还有善忘也往往是装傻,装糊涂;省麻烦最好自然是多忘记,而“忘怀”又正是一件雅事儿。至此为止,装傻,装糊涂似乎是能以逗人爱的;才人名士和学者之所以成为才人名士和学者,至少有几分就仗着他们那不大在乎的装劲儿能以逗人爱好。可是这些人也良莠不齐,魏晋名士颇有仗着装糊涂自私自利的。这就“在乎”了,有所为了,这就不再可爱了。在四川话里装糊涂称为“装疯迷窍”,北平话却带笑带骂的说“装蒜”,“装孙子”,可见民众是不大赏识这一套的——他们倒是下的稳着儿。

《文学创作》,1943 年。

经典译林

Yilin Classics

书名	单价	书名	单价
癌症楼	78.00 元	艾青诗集	35.00 元
爱的教育	39.00 元	爱丽丝漫游奇境	29.00 元
安娜·卡列尼娜	65.00 元	安徒生童话选集	42.00 元
傲慢与偏见	36.00 元	奥德赛	92.00 元
八十天环游地球	32.00 元	巴黎圣母院	42.00 元
白洋淀纪事	39.00 元	百万英镑	35.00 元
包法利夫人	38.00 元	悲惨世界（上、下）	98.00 元
背影	28.00 元	被侮辱与被损害的人	39.00 元
边城	36.00 元	变色龙：契诃夫中短篇小说集	39.00 元
变形记 城堡	38.00 元	草叶集：惠特曼诗选	39.00 元
茶馆	32.00 元	茶花女	35.00 元
查拉图斯特拉如是说	38.00 元	沉思录	29.00 元
城南旧事	29.00 元	大卫·科波菲尔（上、下）	79.00 元
当代英雄	45.00 元	稻草人	29.00 元
地心游记	32.00 元	飞鸟集·新月集：泰戈尔诗选	39.00 元
飞向太空港	39.00 元	福尔摩斯探案集	58.00 元
复活	42.00 元	傅雷家书	49.00 元
富兰克林自传	36.00 元	钢铁是怎样炼成的	39.00 元
高老头	39.00 元	格列佛游记	35.00 元
格林童话全集	49.00 元	给青年的十二封信	38.00 元

书名	单价	书名	单价
古希腊悲剧喜剧集（上、下）	118.00 元	海底两万里	38.00 元
红楼梦	69.00 元	红与黑	49.00 元
呼兰河传	35.00 元	呼啸山庄	39.00 元
基督山伯爵（上、下）	108.00 元	纪伯伦散文诗经典	42.00 元
寂静的春天	35.00 元	假如给我三天光明	32.00 元
简·爱	39.00 元	金银岛	35.00 元
经典常谈	29.00 元	荆棘鸟	45.00 元
静静的顿河	128.00 元	镜花缘	49.00 元
局外人·鼠疫	38.00 元	菊与刀	35.00 元
克雷洛夫寓言	32.00 元	宽容	32.00 元
昆虫记	39.00 元	老人与海	32.00 元
理想国	45.00 元	聊斋志异	55.00 元
列那狐的故事	39.00 元	猎人笔记	38.00 元
林肯传	39.00 元	鲁滨逊漂流记	39.00 元
鲁迅杂文选集	36.00 元	绿山墙的安妮	36.00 元
罗马神话	16.80 元	罗生门	39.00 元
骆驼祥子	32.00 元	美丽新世界	35.00 元
名人传	39.00 元	拿破仑传	49.00 元
呐喊	29.00 元	牛虻	38.00 元
欧·亨利短篇小说选	36.00 元	欧也妮·葛朗台	32.00 元
彷徨	32.00 元	培根随笔全集	38.00 元
飘（上、下）	88.00 元	普希金诗选	42.00 元
骑鹅旅行记	36.00 元	乞力马扎罗的雪	39.80 元
热爱生命·海狼	38.00 元	人间草木：汪曾祺散文精选	49.00 元

书名	单价	书名	单价
人类群星闪耀时	36.00 元	人性的弱点	39.00 元
日瓦戈医生	68.00 元	儒林外史	42.00 元
三个火枪手	59.00 元	三国演义	59.00 元
沙乡年鉴	42.00 元	莎士比亚喜剧悲剧集	49.00 元
少年维特的烦恼	28.00 元	神秘岛	48.00 元
神曲（共三册）	128.00 元	十日谈	68.00 元
世说新语（上、下）	89.00 元	双城记	45.00 元
水浒传	69.00 元	四世同堂（上、下）	78.00 元
苔丝	39.00 元	谈美	35.00 元
谈美书简	36.00 元	汤姆·索亚历险记	32.00 元
汤姆叔叔的小屋	45.00 元	唐诗三百首	39.00 元
堂吉诃德	78.00 元	天方夜谭	42.00 元
童年	38.00 元	童年·在人间·我的大学	49.00 元
瓦尔登湖	36.00 元	我是猫	39.00 元
乌合之众	35.00 元	物种起源	42.00 元
雾都孤儿	44.00 元	西顿野生动物故事集	38.00 元
西游记	62.00 元	希腊古典神话	49.00 元
乡土中国	36.00 元	小妇人	45.00 元
小王子	29.00 元	星星离我们有多远	35.00 元
喧哗与骚动	58.00 元	羊脂球	38.00 元
一九八四	36.00 元	一间自己的房间	36.00 元
伊利亚特	82.00 元	伊索寓言：555 则	36.00 元
尤利西斯	58.00 元	约翰·克利斯朵夫（上、下）	98.00 元
月亮和六便士	45.00 元	战争与和平（上、下）	108.00 元

书名	单价	书名	单价
朝花夕拾	22.00 元	中国民间故事	39.00 元
子夜	49.00 元	最后一课	36.00 元
罪与罚	66.00 元